윤해서 장편소설

움푹한

시간의흐름.

윤해서

소설집 『코러스크로노스』, 소설 『0인칭의 자리』
『암송』 『그』를 썼다.

차례

고요의 집   9

빛이 바닥에 흩어진다   12

아무들—키서   18

은쑥   21

경계 지어진 것   27

트랙   31

아무들—어   36

되풀이   39

허구를 믿는 힘   47

탁상 달력   54

계속되는   60

발자국   63

기다림의 몸짓   67

투명 망토   73

아무들—거북이   75

되돌아오다   83

아무것도 없다 매미가 운다   90

무엇: 모르는 사실이나 사물을 가리키는 지시대명사   92

금사슬나무   97

함몰   103

잡음   110

멸종이라는 말   115

말의 뜻   131

아무들—아름다움   138

눈구름 146

고유명사와 대명사 155

Nothing, Néant, Nada, Nichts, 無 157

사이렌 165

호흡의 사이클 170

필요와 아름다움 178

我無들 188

이어지다 191

아무들—주이영 207

언덕 211

사일런스 파크 217

심장 모양과 다소 비슷한 225

허구를 믿지 않는다 228

—

* † ‡　229

작가의 말　231

고요의 집

태초의 신은 말씀으로 존재했다. 하늘과 땅의 울림. 신의 음성. 키르케는 키르케가 원할 때에만 사람 앞에 모습을 드러내지만. 세이렌은 노래한다. 피타고라스는 천공의 음악을 들었고, 케플러는 태양계 행성들의 음높이를 계산해냈다. 나비에게는 나비의 소리가. 양에게는 양의 소리가. 산딸기에게는 산딸기의 소리가 있다. 모든 존재에 소리가 있다. 말없이. 귀는 듣는다.

고요하다.
아무 소리도 들리지 않는다.
운은 서 있다.
3평 남짓한 사각의 공간에 빛이 쏟아진다.
운은 문과 마주하고 있는 벽을 향해 서 있다.
바닥과 돌벽에 운의 그림자가 반씩 걸쳐 있다.

고요하다.

고개를 들어 높은 벽의 끝을 가늠해본다.

벽의 끝에 빛이 있다.

눈이 부시다.

운은 반사적으로 눈을 감는다.

실눈을 뜬다.

빛이 쏟아지고 있어 창은 보이지 않는다.

고개를 숙여 발밑을 본다.

발아래 가득한 빛.

아무 소리도 들리지 않는다.

운은 다시 눈을 감는다.

한 번도 자신의 소리를 들은 적이 없다.

그것은 음악, 바람, 파도, 경적, 사이렌일 수도 있겠지만.

운은 한 번도 자신의 소리를 들은 적이 없다.

귀를 기울일 때마다 돌아오는 것은 목소리.

운에게서 가장 낮게 울리는 소리.

말은 어느 장기에서 출발하는 걸까.

성대를 울리기 전에, 목구멍을 통과하기 전에, 뇌를 떠나기 전에.

운은 거의 2년 만에 처음으로 소리 내 이름을 부른다.

벽을 따라 이영이 올라간다.

좁고 텅 빈 건물의 벽을 따라 울리는 소리가 천창에서 쏟아지는 빛에 닿는다.

빛이 내벽을 감싸고 있다.

이영이 지나간 내부는 조금 전보다 더 고요하다.

운은 한동안 움직이지 않는다.

운이 눈을 감았다, 떴다, 계속해서 내면을 울리는 목소리가 잦아들기를 기다리는 사이, 고요한 빛이 운의 발아래에서 조금씩 떠난다. 사라진다. 어두워진다.

운은 고개를 들어, 빛을 잃고 모습을 드러낸 천창을 본다. 창 너머 검푸른빛의 하늘이 보인다. 좁은 창으로 별은 보이지 않는다.

고개를 숙인다. 눈을 감는다.

운은 눈을 감고, 손을 모으고. 아무 말도 하지 않는다.

아무것도 빌지 않는다.

눈을 뜬다. 뒤를 돌아, 높은 철문을 밀고 나온다.

쏟아지는 천둥소리.

빙하가 솟아오르고 있다.

빛이 바닥에 흩어진다

바닥으로부터 솟아오른다.

빙하는 검푸른빛이다.

동시에 1007개의 노즐에서 물줄기가 솟아오른다.

　거대한 벽. 운은 철문 앞 몇 개의 계단을 내려와 푸른 벽 앞에 선다. 음악은 천둥으로 시작됐다. 하늘이 쪼개지고 벼락이 지상으로 떨어질 때의 소리. 구름과 구름이 맞부딪쳐 번쩍, 빛을 낼 때의 소리가 빙하의 끝에서 운의 발아래로 다시 한번 쏟아진다. 운은 고개를 들어 찰나의 순간, 공중에 머무는 빙하의 끝을, 고개를 조금 더 들어 캄캄한 하늘을 본다. 별은 보이지 않는다. 순식간에 빙하는 바닥으로 곤두박질할 듯하다가 금세 모양을 바꾸어 유려한 곡선을 그려낸다. 운의 눈앞에 몇 개의 언덕들이 솟아난다. 검푸른빛은 옥빛에 가깝게 변하고 천둥이 지나간 자리에는 관현악이 울려 퍼진다. 물의 춤. 시시각각 형태를 바꾸는 물의 움직임이 부드럽게 이어진다. 아득하다. 더블베이스, 첼로, 바이올린, 클라리넷, 바순, 플루트의 소리가 언덕들의 움직임을 따라 점점 커지다가 일곱 개의 붉은 물기둥이 바닥으로부터 솟아오를 때 악기들의 소리를 뚫고 다시 한번 천둥소리가 울린다. 빙하가 쪼개진다. 물 언덕들은 보랏빛으로 바뀌고 빙하의 끝은 불규칙한 능선을 그리며 키가 큰 언덕부터 빠르게 아래쪽으로 낙하한다. 흰빛이 바닥에 흩어진다. 운은 자신의 발등에 떨어진 빙하를 본다.

어때요?

자신의 발 옆에 멈춰 서는 두 발. 익숙한 검정색 운동화다. 운은 고개를 들어 현우의 얼굴을 본다. 눈을 마주치고, 살짝 고개를 숙인다.

저녁은 먹었어요?

현우는 운의 대답을 기다리지 않고, 두 번째 질문을 한다. 빙하는 사라지고, 노란 가로등만이 드문드문 켜 있는 중앙 광장에 두 사람이 나란히 서 있다. 분수가 꺼진 직사각형의 커다란 연못은 잠잠하다. 수면에 가로등 빛이 일렁인다.

밤의 공원은 고요하다.

내일 오전 11시 사일런스 파크(Silence Park)는 개막식을 시작으로, 첫 입장객을 받을 것이다.

천둥소리는 실제 천둥을 녹음한 건가요?

운이 두 개의 질문에 대한 대답을 건너뛰고, 현우에게 묻는다. 현우가 서 있는 뒤편으로 석조 건축물이 보인다.

동생이 녹음한 거예요. 워싱턴에 있을 때.

현우는 운을 보지 않고, 빙하가 솟아올랐던 자리를 보고 있다. 연못 어디쯤을 보는 것인지 정확히 알 수 없는 눈. 운에게 익숙한 눈이다.

운은 시선을 돌려 연못 중앙에 모여 있는 노즐 구멍들을 본다. 보인다고 생각한다. 저기에서 물줄기가 솟아올랐는데. 운은 가로등 빛을 반사하는 연못의 표면을 본다. 버드나무들이 연못 속에 있다.

가끔 이런저런 소리들을 녹음해서 보내줬거든요. 나중에는 다 듣지도 않았어요. 귀찮아서. 소음은 여기도 넘치게 많았으니까.

이영이 창가에 서서 천둥소리를 녹음하려고 숨죽이고 있다.

이영이 팝콘이 튀어 오르는 에어프라이기 옆에 접시를 들고 서 있다.

교복을 입은 이영이 피아노 앞에 앉아 있다.

운을 돌아본다.

운은 생각을 멈췄다.

저는 언니가 하나 있는데 안 친해요. 평생 한 말을 다 합쳐도 얼마 안 될걸요.

운이 보이지 않는 노즐의 구멍을 손으로 세는 듯, 하나씩 가리키며 말한다.

1007개. 꼭 지휘하는 거 같네요.

현우는 운에게 노즐의 수를 알려주고, 연못 왼편으로 걷기 시작한다. 김운처럼 말하면. 여기에서 듣는 소리는 뾰족해. 부드러운 게 없어. 집에서 들었던 소리들이 고양이의 털처럼 부드러웠다면. 여기의 소리들은 모래 같아. 모래는 해변에서 밟으면 부드러운데 다른 바닥에 떨어지면 따갑잖아. 모래끼리 있을 때만 부드러운 그런 모래. 오빠한테도 그렇게 들려? 현우는 이영이 했던 말들이 물줄기를 따라 쏟아지는 것을 보았다. 연못의 수면에 떨어지는 물방울들. 연못이 끝나는 지점에 블루앤젤들이 통로를 이루며 나란히 서 있다. 운은 블루앤젤들이 좀 더 자라면 나무와 나무 사이의 간격이 잎으로 메워지고 촘촘해질 길을 상상하면서 현우의 뒷모습을 본다.

나란히 심어놓은 나무의 가지들은 서로를 향해 뻗어나갈 것이다.

잎의 끝이 닿는 순간 서로의 방향을 가늠하면서 간격을 유지할 것이다.

징검다리인가요?

일곱 사람쯤 나란히 걸어갈 수 있을 폭의 길을 따라 조약돌 모양의 의자가 드문드문 놓여 있다. 현우가 세 번째 검은 조약돌 앞에 서서 뒤를 돌아본다. 모래 위에 떨어지는 모래. 나무껍질을 두껍게 깔아놓은 길 위에 현우가 서 있다.

종소리가 들린다.

"수백 수천 년 동안 쌓인 눈이 얼음덩어리로 변하여 그 자체의 무게로 압력을 받아 이동하는 현상. 또는 그 얼음덩어리."

공원 개막식 첫 작품의 제목이 빙하라는 말을 들었을 때, 운은 무의식적으로 빙하를 검색했다.

빙하, 氷河, Glacier.

운은 빙하의 영어 발음을 입 속으로 여러 번 발음했다.

빙하가 입 속에서 녹았나.

수백 수천 년 동안 쌓인 눈. 얼음덩어리. 자체의 무게로. 얼어붙은. 몇 개의 어절들을 읽어 내리는 동안, 빙하라고 불리지 않는 빙하를 생각했다.

빙하가 입 속에 있다.

운은 빙하를 한 번도 직접 본 적이 없었지만.

지구 어딘가에 빙하가 있다고 생각하면, 고대의 지구와 함께 살고 있는 기분이 들었다. 빙하의 표면에는 시간이 새겨져 있다. 빙하를 찍은 영상과 사진들을 볼 때마다 빙하에 가보고 싶었다. 시간이 한 방향으로 흐르고 있다는 생각을 멈출 수 있었다. 남극과 북극에서. 지구의 모든 시간이 지구를 둘러싸고 있다.

언어를 압도하는 사진들을 넋 놓고 보다가, 빙하가 빠른 속도로 녹고 있다는 기사들에 도착했을 때, 운은 검색창을 닫았다. 운이 창을 닫기 전, 마지막으로 본 글자는 빙하 유실.

운은 창을 닫고, 유실.

무너지는 빙하를 떠올렸다. 잃어버린 빙하.

잃고 있는 빙하.

그린란드에서 하루 새에 85억 톤의 빙하가 사라졌다.

85억 톤은 가늠할 수 없는 양이다.

사라짐의 속도를 가늠할 수 없다.

운은 입 속의 빙하를 삼켰다.

사방이 쪼개지는 소리가 들렸다.

눈앞의 빙하는 사라졌고, 은초록 잎의 침엽수. 그려놓은 듯 나뭇잎 모양으로 곧게 뻗은 블루앤젤들 사이에 키가 블루앤젤들을 훌쩍 넘어서는 현우가 서 있다. 바람이 잎들을 흔들며 지나간다. 나무와 풀과 꽃이 바람에 흔들리는 소리, 풀벌레들의 소리, 천둥과 음악이 그치고 난 뒤의 정적이 공원을 감싸고 있다. 연못은 잔잔하다.

운의 뒤로 고요의 집이 서 있다.

아무들

나는 잠깐씩 나타난다.
눈을 깜박이지 않는 사람은 무섭다.
나는 잠깐씩 사라진다.
마주 앉은 사람의 침묵을 견디기 힘들다. 문제는 침묵이
아니지만.
사람의 마음이 물통 같다.
바닥도 입구도 없이 물로 꽉 차서,
뒤집어도 뒤집히지 않고,
나는 나아간다.
나아갈 때에 나는 보이지 않는다.
나는 돌아온다.
나아간 길을 지우며 돌아온다.
보이지 않는 힘이 나를 움직인다.
움직임. 멈춤.

모든 압력은 흔적을 남긴다.

화석은 생명의 흔적이다.

시간은 기원전부터 이어지고, 나에게는 영원과 속도가 있다.

파프리카, 양배추, 토마토가 한 솥 안에서 끓고 있다.

기원전, 파프리카, 양배추, 토마토를 나는 알지 못한다.

내가 나아간 곳에 파프리카, 양배추, 토마토가 있다. 파프리카, 양배추, 토마토의 씨가 뿌려지고, 자라고, 끓고, 내가 돌아온 곳에 파프리카, 양배추, 토마토가 사라지고 없다.

사라짐, 멈춤.

나에게는 존재와 무가 있다.

　운은 매일 쓴다. 무엇이든 될 수 있다. 벗어나기. 떠나기. 나는 흩어지는 중이다. 운은 내일 이렇게 쓸 것이다. 운은 내일 모래가 될 것이다. 나는 잠깐씩 나타난다. 오늘 운은 이렇게 시작했다. 잠깐씩 나타나는 것들의 목록. 운은 매일 다른 씨앗이 된다. 시간의 틈새로 굴러떨어지는 씨앗들. 흙이 갈라진다. 싹이 솟아오른다. 잎이 자란다. 줄기가 뻗어 나온다. 꽃이 핀다. 나비가 날아와 암술 끝에 앉는다. 날개를 접는다. 햇살이 비친다.

　존재 변화를 꿈꾸는 것이 인간을 벗어날 수 없다는 증거라는 것을 운은 알고 있다. 인간만이 다른 종의 흉내를 낸다. 인간만이. 그러한가. 인간만이 인간만이로 시작되는 문장을 생각한다. 그러한가. 다른 것이 된 순간에도 운은 뇌의 습관을 벗어나지 못한다. 나는 잠깐씩 사라진다. 운은 습관대로 매일 아침 일기를 쓴다. 운이 잠깐 자리를 뜬 책상 위, 노트북이 켜져 있다.

나는 잠깐씩 나타난다.

커서가 깜빡인다.

은쑥

은쑥에서는 쑥향이 난다.

은쑥, 쑥향. 마태오는 쑥이라는 글자가 낯설었다. 쑥향을 맡아본 적이 없어서, 쑥향이 진하다는 문장을 읽을 때는 은쑥의 모양을 통해 쑥향을 상상해야만 했다. 쑥향이 뭐지? 마태오는 묻고 싶었다. 압생트를 마신 적은 있었지만, 마태오는 거기에서 온전한 쑥향을 느끼지는 못했다. 압생트의 신비로운 색을 좋아하던 것은 이영. 이영이 초록 액체를 가만히 들여다본다. '고뇌의 싹'을 키우는 압생트. 마태오는 '녹색 악마'가 자신을 환각으로 끌고 가기 전에, 읽고 있던 블로그의 문장으로 돌아온다. 한국 사람들은 은쑥을 예전에는 오랑캐쑥이라고 불렀다고 한다. 은쑥의 생김새가 오랑캐의 머리 스타일과 비슷해서. 은쑥의 꽃이 필 때쯤 오랑캐들이 쳐들어와서. 마태오는 오랑캐를 알지만, 오랑캐의 머리 스타일은 모른다. 오랑캐의 머리 스타일을 검색한다. 불려 나온 몇 개의 이미지들을 보면서 자신의 정수리를, 짧게 자라 있는 머리카락들을 만진다. 은쑥은 마태오의 나라에서는 앤젤스 헤어(Angels-Hair)라고 불린다. 은쑥의 잎은 처음에 녹색이었다가, 은빛으로 변한다. 변하는 순간을 지켜볼 수 있을까. 마태오는 궁금하다. 얼마나 오랫동안 지켜보고 있으면 변하는 순간을 목격할 수 있을까. 얼마나 쉬지 않고 그것만 보고 있으면, 변하는 순간을 놓치지 않을 수 있을까. 마태오는 은쑥의 잎을 한동안 바라본다. 다음 문장을 읽는다. 은쑥은 여름을 견디기 힘들어한다. 이영은 여름을 좋아했다. 각오해야 할 거야. 이영은 서울의 여름이 얼마나 대단한지, 짐을 쌀 때부터, 비행기에서도, 입국 심사를 받기 위해 서 있을 때도, 마태오에게 여러 번 강조했다. 마태오는 서울에서 보낸 세 번의 여름을 떠올린다. 다음 두 문장을 옮겨 적는다. 은쑥의 키는 15~30cm 정도 자란다. 잎은 손바닥형 복엽으로 갈라진다. 마태오는 자신의 손바닥을 펼쳐 본다. 손바닥 가운데 중지를 중심으로 돋아난 바늘 같은 잎들을 상상한다. 은쑥의 사진을 다시 한번 본다. 상상과 다르다. 은쑥은 옥상 조경용으로 인기가 있다. 줄기는 식용으로도 쓴다. 남은 문장들을 마저 옮겨 적고, 마태오는 옥상에 은쑥이 빼곡히 차 있는 모습을 상상한다. 은쑥이 끝없이 펼쳐진 옥상에 이영이 서 있다.

쑥향이 뭐지?

마태오는 끝내 묻고 만다.

대답이 없다.

은쑥 잘 키우는 법

1. 햇볕이 들고, 바람이 통하는 창가.

2. 마사토.

3. 물을 자주 주지 말 것.

4. 꽃이 피기 시작하는 시기에는 물을 좀 더 자주 줄 것.

마태오는 키우지도 못할 은쑥을 어떻게 하면 잘 키울 수 있는지 검색하고, 잘 키우는 법을 스크랩해, 은쑥의 사진과 함께 자신의 SNS에 올린다. 해시태그는 은쑥, 쑥향, Angels-Hair, 옥상. 천사의 머리가 정말 은색일까? 옥상에서는 무엇이 자라고 있을까? 마태오는 또 묻고 싶다. 하지만 마태오는 혼자다. 집에는 마태오뿐이다. 마태오가 살고 있는 오피스텔 옥상은 출입 금지다. 옥상에서 자라서는 안 될 것을 막기.

은쑥은 어디에서나 잘 자라고, 천사는 어디에나 있다.

마태오는 은쑥의 사진을 닫으며 아침에 꾼 꿈을 생각한다.

차는 산길을 달리고 있다. 마태오는 분명 차 안에 있고, 산속이 조금 어둡다고 생각한다. 차는 튀어나온 나무뿌리와 돌부리를 넘을 때마다 덜컹거린다. 그런데 마태오가 보는 것은 어떤 아이다. 아이는 다섯 살, 아니 여섯 살쯤 되어 보이고, 욕실에 있다. 아이의 엄마일 것인 여자의 목소리가 들린다. 이제 나가. 아이의 뒷모습이 보인다. 아이가 욕실에서 나가지 않고, 오줌을 쌀 거야, 엄마를 돌아보고 말한다. 마태오는 아이의 얼굴을 본다. 여자의 얼굴은 보이지 않는다. 성인용 변기는 아이에게 아직 크고, 높아 보인다. 여자가 씻는지, 물소리가 들린다. 이렇게, 이렇게 하면 되지. 아이가 변기에 앉지 않고, 변기 앞에 서서 오줌을 싸려고 한다. 엄마, 이렇게. 아이가 물총 놀이를 하듯, 오줌을 싼다. 장난치면 다시 씻어야 해. 여자의 목소리가 들린다. 아이가 엄마를 돌아보고, 웃는다. 아이의 얼굴이 보인다. 마태오는 눈을 감는다. 마태오는 분명 차 안에 있고, 차는 산길을 달리고 있다. 왜 가슴 근처가 뻐근한지 알 수 없다. 눈을 뜬다. 마태오는 익숙한 천장을 본다. 계속 산길을 달리고 있는 것처럼 울렁거린다. 다시 눈을 감는다. 마태오는 그 아이를 안다. 몇 달 사이 왜 자꾸 아이가 꿈에 나오는지 마태오는 알 수 없다. 마태오는 아이에게 묻고 싶지만. 어린 마태오의 이름을 모른다. 마태오가 되기 전. 다른 이름. 그 이름을 부르던 낯선 목소리를 마태오는 기억하지 못한다. 꿈에서 깨면 목소리는 사라지고 없다. 마태오는 비슷한 목소리를 알지 못한다. 어린아이의 얼굴. 그 아이가 여자를 보는 눈빛. 마태오는 낯선 눈을 본다. 자신에게서 한 번도 본 적 없는 눈빛. 아이가 웃고 있다.

천사는 어디에 있나.

마태오는 여전히 산속을 달리는 차 안에 앉아, 책상 위에 핸드폰을 내려놓는다. 아이가 웃는다. 햇볕이 들고, 바람이 통하는 창가에 서서 밖을 내다본다. 8차선 도로를 가득 채운 차들의 움직임이 낯익다. 하늘색 돔이 보인다. 저 지붕, 저건 뭐야? 이 집으로 처음 이사했을 때 마태오는 그 건물의 이름을 몰랐다. 국회의사당. 이영이 찬장에 유리잔들을 넣으며 말했다. 지붕이 특이하네. 창밖을 내다볼 때마다 국회의사당의 지붕이 제일 먼저 눈에 들어왔다. 이제 저 지붕을 볼 날도 얼마 남지 않았다. 책상 위에서 진동이 울린다. 마태오는 전화를 받는다.

여보세요.

수화기 안쪽에서 사람 목소리 대신 천둥소리가 들린다.

여보세요?

마태오는 귀에서 전화기를 떼고 발신자를 확인한다.

저 맞아요. 이 소리, 들려주고 싶어서.

마태오는 수화기 건너편에서 들려오는 관현악을 한쪽 귀로 흘려들으며 방금 들었던 천둥소리를 기억해냈다.

폭우가 일주일 넘게 쏟아지는 도시의 한가운데. 노아의 방주에라도 타고 있는 것처럼, 작은 아파트가 아늑하게 느껴지던 날이었다. 이영은 창가에 붙어 서서 계속되는 천둥소리를 녹음하고 있었는데 마태오가 움직일 때마다, 제발, 멈춰, 애원하는 이영의 장난기 어린 눈빛이 좋아서 마태오는 자꾸 소리를 냈다. 이불을 살며시 당긴다거나, 이영이 보던 책장을 넘긴다거나, 이영의 뒷목에 키스를 한다거나. 욕실 문을 열었다 닫으면서.

여보세요.

이번에는 현우가 마태오를 부른다.

듣고 있어요.

마태오가 대답한다.

내일이 공원 개장이에요. 시간 되면 들러요.

고맙습니다.

마태오는 핸드폰을 손에 쥐고, 열린 창으로 연둣빛 은행잎들이 흔들리는 것을 본다. 아직 작고, 여린 잎들. 이맘때 은행나무가 제일 좋아. 잎이 하트 같지 않아? 봄의 심장들. 차들이 8차선 대로를 달려가는 소리들만 들리는 방에서, 마태오는 이영의 목소리를 들었다.

경계 지어진 것

도망가. 돌아서.

사람을 믿어야 한다고 생각하지 않는다. 거의 잊어야 하지. 잊어야 계속 볼 수 있다.

도망가.

운은 일곱에 처음 생각했다.

엄마는 주방에서 오이지를 씻고 있었는데, 거북이가 돌 위에 있다가 물속으로 들어갔다. 첨벙. 풍덩. 여름이었다. 운은 아직 글자의 세계도 수의 체계도 알지 못했다.

다녀왔습니다.

운의 자매가 학교에서 돌아왔다. 운은 자매의 얼굴을 보았다. 언니, 운은 평소에 자매를 그렇게 불렀다.

자는 거야? 눈을 감고 있네.

자매는 엎드려 거북이를 보고 있는 운의 옆에 서서 허리를 숙였다. 자매의 실내화 가방이 운의 머리통 옆에서 움직였다. 핑크, 핑크. 주머니가 자매의 다리와 운의 귀 사이를 오갔다. 핑크. 핑크. 핑크가 세 번, 네 번, 운의 얼굴에 부딪쳤다.

김민. 운이 조용히 자매의 이름을 불렀다. 자매가 발로 운의 어깨를 밀었다.

엄마, 얘가 이름 불러.

엄마는 오이지를 썰고 있었는데, 핑크, 핑크. 운은 들었다.

거북이가 물속에서 눈을 떴다.

혼자 있는 시간.

거북이는 한 마리.

아래층 할머니는 한 달 전에 돌아가셨다.

운의 집은 2층짜리 연립의 2층이었는데. 할머니가 요양원으로 떠나기 전날 운을 불렀다. 이 녀석을 키워줄래.

할머니가 운에게 홍시의 껍질을 까주며 물었다. 불긋불긋 홍시가 묻은 할머니의 손이 심하게 떨리는 것을 운은 보았다.

정말요?

운은 매일 아래층 할머니 집으로 거북이를 보러 갔었다. 할머니는 매일 혼자였다. 할머니가 다른 가족과 함께 있는 것을 운은 본 적이 없었다. 할머니는 대답 대신 거북이가 들어 있는 어항을 가리켰다.

이름 지어줘도 돼요?

운이 물었다.

이름을 지어주면 이별할 때 더 슬플 거야. 그래도 괜

찮다면.

할머니는 잠깐 말을 멈추고 운의 눈을 바라봤다. 운은 할머니의 눈동자를 처음 보는 것 같았다. 할머니의 눈꺼풀은 주름이 많고 처져 있어서, 그 안에 있는 눈동자가 잘 보이지 않았다.

좋은 이름을 지어줘. 우리 운이는 태어나기 전에 다 울어서 운이지. 울 일 없이, 씩씩하게 자라야 한다. 구름처럼 자유롭게 살아. 이름대로.

할머니가 행주에 손가락을 닦으며 말했다. 김운, 김운. 엄마가 위층에서 운을 부르는 소리가 들렸다.

자유롭게가 뭐예요?

운은 묻고 싶었는데, 김운, 엄마의 목소리가 점점 커지고 있어서, 안녕히 계세요, 할머니. 운은 인사를 했다. 거북이를 데리고 서둘러 나왔다. 운은 그날 이후로 할머니를 보지 못했다. 할머니 집의 문은 한참 동안 열리지 않았다.

거북이는 한 마리.

운은 이별이 뭔지 몰랐지만.

거북이에게 이름을 지어주지 않았다.

할머니가 보고 싶을 때마다 거북이를 봤다.

할머니, 거북이가 눈을 감고 있어요.

운은 거북이를 볼 때면 거북이 대신 할머니를 불렀다.

할머니, 어디 계세요?

김운, 거북이 그만 봐. 자꾸 거기에만 엎드려 있으면 거북이 내다 버린다.

엄마가 운을 협박할 때도 운은 할머니를 불렀다.

할머니, 자유롭게가 뭐예요?

운은 매일 거북이 앞에 엎드려 있었다. 거북이처럼 아무 소리도 내지 않았다. 거북이를 따라 눈을 감았다, 떴다.

할머니, 거북이가 눈을 떴어요.

언니는 다른 사람을 괴롭히는 게 즐거운 사람이에요. 학교에서도 언니에게 괴롭힘을 당하는 친구가 있을 거예요.

엄마, 얘가 내 이름 불렀다니까.

자매의 날카로운 목소리가 들렸다.

핑크, 핑크.

운의 어깨는 여전히 언니의 발아래에 있었다.

김운, 엄마가 언니랑 사이좋게 지내라고 했지.

엄마가 어항 앞에 엎드려 있는 운의 허리를 두 손으로 잡아 일으켰다. 엄마가 허리를 꼬집으려고 한 것은 아니었겠지. 그래도 아팠다. 엄마의 손이 닿으면 자주 아팠다.

도망가.

운은 내면에서 들리는 자신의 목소리를 들었다.

마지막으로 보았던 할머니의 눈빛이 떠올랐다.

이별을 이해했다.

트랙

거북이는 해마다 등껍질의 허물을 벗으며 자랐다.

운이 물을 갈아줄 때마다 거북이 등껍질에서 나온 반투명한 허물이 물과 함께 흘러나왔다. 할머니에게 받았던 어항은 운이 중학생이 되던 해에 바꿔야 했다. 일곱 살 운의 손바닥만 하던 거북이는 열네 살 운의 얼굴만 해졌다. 거북이는 암컷일까, 수컷일까. 운은 거북이가 암거북이인지, 수거북이인지 궁금했다. 할머니, 이 거북이는 여자예요? 남자예요? 거북이는 눈을 감고 있었다. 운은 거북이처럼 눈을 감고 할머니를 생각했다.

운은 계속 거북이 대신 할머니를 불렀고, 현우는 매일 달렸다. 하루도 빠짐없이 달렸다. 비가 오는 날에는 모자를 깊게 눌러쓰고 달렸고, 눈이 오는 날에는 발밑을 보며 달렸다. 그날은 눈도 비도 오지 않았고, 해가 졌는데도 더운 바람이 불었다. 숨이 찼다. 뒤에서 달리던 사람이 빠르게 현우를 지나쳐 갔다. 맞은편에서 자전거 다섯 대가 연이어 달려왔다. 현우는 현우의 왼편에서 흐르고 있는 강을 바라봤고, 검은 물결 위에 떨어지는 가로등 빛을 무심히 보았다. 빠르게 뛰는 심장을 느꼈다. 빛은 강물 위에서 흔들렸다. 전화가 울렸다. 현우는 멈춰 섰다.

주현우, 어디야?

한강. 금방 들어가.

오빠는 대학생이 맨날 달리기만 해?

현우는 대답을 하지 않고 전화를 끊었다. 달려온 방향의 반대 방향으로 달리기 시작했다. 지나쳐 온 가로등을 거꾸로 세면서 달렸다. 하나, 나무, 나무, 둘, 나무, 나무, 셋, 나무, 나무, 나무, 넷, 나무, 수문, 다섯. 오른편에서 흐르는 강물을 바라보기도 했다. 무선 이어폰을 끼고 있었지만, 블루투스 연결은 하지 않았다. 가쁘게 몰아쉬는 자신의 숨소리 사이로 이따금 사람들의 말소리가 들렸다. 그건, 그런데. 내가 참을 수 없는 건. 미친 거 아냐? 어떤 이야기의 흐름에서 튀어나온 말들이 맥락을 잃고 소음이 되었다. 무엇을 말하고 싶은 걸까. 현우는 지나치는 사람들의 얼굴을 보지 않기 위해 고개를 돌렸다.

주현우라고 했나? 학생이 만든 음악에는 지나치게 감정이 없어. 한 음 한 음, 텅 비었어. 건조한 사막 같아.

현우는 어제 들은 이야기를 잊었다. 지난달에도 들은 이야기였고, 지난해에도 들은 이야기였다. 입학 이후 줄곧 듣고 있는 말.

피아노만 가지고 그러지 말고, 악기군을 좀 풍성하게 이용해보는 건 어때? 그렇게 메마른 땅에 풀, 나비가 살겠나.

현우는 고개를 끄덕였다. 자신의 음악이 지나치게 건조하다는 사실을 인정했다. 다른 친구들이 만들어내는 곡들은 화려하고, 아름답고, 웅장했다. 휘몰아치다가도 고요했고, 폭풍우가 지나가면 무지개가 떴다. 심플한 음들의 반복 속에도 가라앉은 슬픔이, 깨끗한 집념이, 깊은 허무가 있었다. 현우는 다른 친구들이 만들어내는 음악을 귀 기울여 들었다. 기꺼이 박수를 보냈고 몇 부분은 허밍으로 따라 부르기도 했다. 어떤 악절들은 현우의 마음에도 들었다. 하지만 현우는 그중 어떤 것도 자신에게서 나올 수 없다고 생각했다. 과장 없이. 과장 없이. 현우는 많은 순간, 과장 없이 말하고 싶었고, 말하지 않고 듣고 싶었다. 현우는 지나치게 높은 온도를 지닌 소리들을 피하고 싶었다. 그건 자신의 것이 아니라고 믿었다. 자신은 그렇게 순도 높은 감정을, 끝 간 데 없이 깊은 마음을 가진 사람이 아니라고 생각했다. 그러므로 과장 없이. 낮은 음으로 울리는.

현우는 어떤 것에도 사로잡히지 않았다. 뜨겁고 탁한 감정, 끝없이 증식되는 욕구, 영혼을 불태우는 질투. 어떤 것도 현우는 알지 못했다. 그렇게 해. 그러든가. 여덟 살 터울의 동생이 무슨 말을 해도 현우는 가만히 들어줬다.

주현우.

집 앞에 이영이 서 있다. 현우를 부르며 달려온다.

왜 나와 있어?

현우는 달리기를 멈춘다.

시소 타러 가자.

시소?

아님 업을래?

이영이 어릴 때, 현우는 이영이 울면 언제나 이영을 업어줬었다. 이제 이영은 중학생이고, 현우만큼은 아니지만 또래보다 머리 하나쯤, 키가 크다. 현우는 교복 셔츠에 잠옷 바지를 입고 나온 이영의 손에 끌려 놀이터로 간다. 동생이 앉은 맞은편 시소의 끝에 현우가 앉는다. 이영이 앉은 쪽 시소가 붕 떠오른다. 이영은 현우에게 등을 돌리고 앉아 있다. 현우는 조금 위쪽에 떠 있는 동생의 등을 본다.

무슨 일이야?

아무 일도 아니야.

현우는 울고 있는 동생의 목소리를 듣는다. 아무것도 묻지 않는다.

누구에게나 각자의 트랙이 있다.

현우는 감정이 주인인 트랙을 알지 못한다.

현우에게는 변형되지 않는 길이 있다. 뜨거워지지도 차가워지지도 않는 길. 한쪽으로 휘지도, 갑자기 짧아지거나 늘어지지도 않는 길. 직선도 원형도 아닌 길. 현우에게는 어떤 길도 보이지 않는다.

현우는 모든 트랙이 하나의 음으로 채워진 음반 위를 걷는다. 다른 사람들보다 느리게 돌아오는 호흡의 사이클 위를 걷는다.

　건조한 사막 위를 걷는다.

　이따금 모래바람이 불어온다.

　오빠는 슬픈 일 없어?

　내내 등을 돌리고 있던 이영이 고개를 돌려 현우를
본다.

아무들

나는 혼자 있거나, 끝에 있다.
자주 그렇다.
끝은 쓸쓸하기도 지독하기도 실망스럽기도 하다.
끝은 지속된다.
끝나지 않는 끝,
끝은 시작이 되기도 하고,
나는 언제나 물고기들과 가깝다.
몸에 비늘이 돋고 아가미가 갈라지고, 입으로 물방울을
내뱉는.
옆에 있는 것이 달라지면 나는 다른 물고기가 된다.
전혀 다른 것.
봄에는 땅을 파고 씨앗을 심어.
상추가 자랐어.
여름에는 비가 오고 너를 잊을 수 없었어.

가을에는 잎이 물들고
모르는 사람들이 너무 많이 죽었어.
겨울에는 다 얼었지, 그래, 그랬어.
문장의 끝에 내가 있다.
모든 문장은 과거의 시작이 되기도 하고 미래의 끝이 되기도 하지.
한 세계의 문을 닫고,
이렇게 계속 미루고 있으면 모든 것이 괜찮아질까?
놀라거나, 당황하거나, 초조하거나, 다급하거나
기쁘거나, 슬프거나, 뉘우치거나, 칭찬하거나
당신의 주의를 끌기 위하여
나를 불러.
엎드린 호랑이,
나는 어쩌다 악기의 이름.
호랑이를 세 번 쳐,
나는 소리를 내.
나는 여기 있어.
아무 때나 부르면 불려 나오는 이름.
아무도 진짜 나를 모르지.

열다섯의 첫 일요일 아침,
운이 처음 자신이 아닌 것이 되었던 날. 운은 평소에 자기가 제일 많이 하는 말이 되었다.
모든 씨앗이 싹을 틔우고, 잎을 내밀고, 가지를 뻗고, 꽃을 피우고, 열매를 맺는 것은 아니다. 그보다 많은 씨앗들이 버려지고, 썩고, 짐승의 먹이가 된다.

운은 아무것도 되지 못할 씨앗을 뿌리는 일을, 하나의 음절로부터 시작했다.

마음의 씨.

씨앗을 뿌리는 일을 멈추지 못했다.

되풀이

차페크는 말했다. "우리가 무엇을 딛고 있는지 알기 위해선 작은 화단 하나는 가꾸며 살아야 한다."

"흙, 카렐 차페크."

운은 소리 내어 읽기 시작했다.

"어린 시절, 어머니가 타로 점괘를 볼 때면 항상 버릇처럼 되뇌시던 말이 아직도 기억난다. '내가 지금 어디에 발을 딛고 있으려나?' 그땐 어머니가 그걸 왜 그토록 궁금해하시는지 이해하지 못했다. 매우 오랜 세월이 흐른 후에야 그 말이 서서히 이해되기 시작했고, 나 역시 땅을 딛고 서 있음을 깨닫게 되었다.

사람들은 자신이 무엇을 딛고 서 있는지엔 별로 관심

이 없다. 어딘가를 향해 미친 듯이 달려가다 보면 적어도 구름이 얼마나 아름다운지, 수평선이 얼마나 광활한지, 언덕이 얼마나 푸른지는 알아차린다. 하지만 발밑을 내려다보며 자신이 딛고 있는 땅이 지닌 아름다움을 칭송하는 사람은 없다. 인간은 손바닥만 한 정원이라도 가져야 한다. 우리가 무엇을 딛고 있는지 알기 위해선 작은 화단 하나는 가꾸며 살아야 한다.

그러면 친구여, 그대는 저 구름들조차 우리 발밑의 흙만큼 변화무쌍하지도 아름답지도 경외할 만하지도 않다는 것을 알게 될 것이다. 그리고 흙이 산성인지, 척박한지, 질척한지, 차가운지, 자갈투성이인지, 썩었는지 등도 알게 될 것이다. 흙이 페이스트리처럼 폭신하다는 것도, 빵처럼 따끈하고 담백하며 감미롭다는 것도 알게 될 것이다."*

운은 여기까지 읽었다.

담임은 매일 아침, 조회 시간에 조회를 하는 대신, 반 페이지 글 읽기를 시켰다. 반 아이들은 고등학생들이 읽어야 할 필독서, 논술 대비 수험서, 비문학 지문들, 문학 교과서의 시들을 돌아가며 읽었다. 운은 21번째 순서여서, 4월에 「흙」을 읽었다. 아직 아무와도 친구가 되기 전이었다. 전날 밤에 운은 「흙」의 마지막 문장에 밑줄을 그었다.

"과연 그 존재가 인간의 영혼에 깃든 냉담함과 잔인함과 사악함만큼 추하랴."

운은 인간의 영혼에 깃든 그 무엇도 보고 싶지 않았다. 그것이 선량함이나 연약함, 따뜻함이나 선함이라고 할지라도. 그 무엇도 알고 싶지 않았다. 흙의 침묵이 좋았다. 식물들이 만들어내는 고요가 좋았다. 숲속은 도시보다 고요하다. 운은 사람을 그만 보고, 그만 듣고 싶었다. 학교에 있으면 자주 거북이가 보고 싶었다. 할머니, 아무래도 저는 제일 냉담한 인간인 거 같아요.

운은 거북이처럼 눈을 감았다, 떴다. "흙이 페이스트리처럼 폭신하다는 것도, 빵처럼 따끈하고 담백하며 감미롭다는 것도 알게 될 것이다." 「흙」을 끝까지 읽지 않고, 중간에서 멈췄다.

대부분의 아이들은 고개를 숙이고, 영어 단어를 외우거나, 수학 문제집을 풀고 있었다. 맨 뒷자리에 앉아 있던 아이와 눈이 마주쳤다. 운은 같은 반 아이들의 이름을 다 알지 못했다. 운이 다 읽었다는 의미로, 고개를 숙여 인사했다. 맨 뒷자리의 아이가 박수를 쳤다. 몇몇 아이들이 고개를 들고, 박수를 쳤다. 담임이 운에게 들어가도 좋다는 눈짓을 보냈다.

그래서 넌 어딜 딛고 있는데?

조회가 끝나고, 1교시 수업 종이 울렸을 때, 뒤쪽에서 김운, 이름이 적힌 쪽지가 전달되어 왔다.

운은 포스트잇을 필통에 넣고, 주이영, 질문 아래 써 있던 이름을 생각했다. 피아노 반주자. 음악 시간마다 음악 선생이 이름을 부르던 것이 기억났다.

음악 시간은 매주 월요일 5교시였다.

22번이 마이클 샌델의 『정의란 무엇인가』의 일부를 읽은 월요일, 점심시간에 이영이 운의 자리로 찾아왔다.

음악실 같이 가자.

그래.

운은 음악책을 들고 일어섰다. 음악실은 강당 건물에 따로 있었다.

정의란 무엇이라고 생각해?

복도를 따라 걸으며 이영이 물었다.

나는 마이클 샌델이 아닌데.

운이 대답했다.

이영이 소리 내 웃었다.

뭐가 웃기지.

운은 묻지 않았다.

왜 대답 안 했어?

이영이 물었다.

운은 이영이 쪽지에 대해 묻고 있는 걸 알았다. 할 말이 없었다. 복도 끝에 2학년 5반이 보였다. 커트 머리의 여자애가 앞문에 서서 주이영, 주이영, 불렀다. 운은 말없이 걸었다.

임진아, 이영은 그 여자애와 하이파이브를 했다.

복도 끝 계단을 내려가기 시작했을 때, 이영이 다시 물었다.

네가 읽은 부분 말이야. 그래서 넌 어딜 딛고 있어?

운이 어깨를 으쓱했다.

글쎄.

겁쟁이.

이영이 운의 어깨를 툭 쳤다.

운은, 겁쟁이? 되묻고 싶었지만. 내가 겁쟁이인가? 스스로에게 먼저 묻느라 이영에게는 다른 질문을 했다.

넌 어딜 딛고 있는데?

질문을 받은 이영이 운과 눈을 맞추고, 운의 시선을 끌어당기듯 발아래로 시선을 내려, 자신의 발밑을 가리켰다.

땅. 당연히 땅이지.

운은 계단을 내려다봤다.

계단을 내려가고 있는 두 발이 보였다. 자신의 발 옆에 이영의 발이 있었다. 슬리퍼 안에 들어 있는 흰 양말을 신은 네 발.

친구는 서로의 영혼을 딛고 있다고 생각해.

이영이 갑자기 멈춰 서서 손을 내밀었다.

그런 의미로 악수하자.

계단과 계단 사이, 계단의 방향이 바뀌는 곳이었다.

운은 이영을 친구라고 생각하지 않았지만 이영의 손을 잡았다. 한꺼번에 거리를 훌쩍 뛰어넘는 이영의 해맑음이 부담스러웠고, 이영의 말이 유치하다고 생각했지만 이영의 손을 잡았다.

우리는 서로의 영혼을 딛고 있다.

운은 영혼이 있다고 생각하지 않았지만. 서로를 딛고 있다는 말이 마음에 들었다.

인간은 오랜 세월 땅으로 돌아갔다.

60~40만 년 전, 한반도에 인류가 출현했다. 이 인류는 호모 에렉투스의 일종으로 추정된다. 인간은 돌아다니기를 좋아했다. 전 지구를 돌아다녔다. 얼마나 많은 사람들을 딛고 있는 걸까. 푹신하고, 따끈한 땅을. 페이스트리처럼 쌓여 있는 시간들을. 흙이 된 수많은 사람들을 딛고 있다. 운은 생각했다. 언제 호모 에렉투스의 마지막 인간이 죽어 땅으로 돌아갔을까. 마지막 호모 사피엔스는 어떤 인류와 공존하게 될까. 마지막 호모 사피엔스도 땅으로 돌아갈 수 있을까. 계단을 다 내려와, 현관 밖으로 나오니 화단이 보였다. 콘크리트로 마감된 길 양옆으로 화단이 있고, 거기에 나무와 꽃들이 심어져 있었다. 운은 그것들의 이름을 몰랐다. 유일하게 아는 이름. 철쭉 아래, 흙을 보았다.

걸음이 느려진 운의 팔을 이영이 잡아당겼다.

생각이 많은 사람은 속도가 느리지.

운은 이영이 혼잣말을 하는 것을 들었다.

너도 숨을 느리게 쉬어?

이영이 물었다.

숨을 느리게 쉬는 게 뭐야?

운이 물었다.

몇 초에 한 번 숨 쉬냐고.

그걸 세는 사람도 있어?

운은 계속해서 자신의 팔을 당기며 빠르게 걷고 있는 이영의 뒤통수를 봤다.

저거 모과나무야.

이영이 대답 대신, 강당 입구에 있는 나무를 가리키며 말했다.

조금만 지나면 초록 모과가 열릴 거야. 여름방학 할 때쯤 보면 아기 주먹만 한 모과를 볼 수 있을걸.

운은 체육 시간과 음악 시간마다 강당에 오면서도 모과나무에 모과가 열린 것을 본 기억이 없었다.

저게 언제부터 있었지.

운은 묻지 않았다.

모과나무 아래 흙을 보았다. 모과의 진한 향이 떠올랐다.

모과는 물과 햇빛, 죽음과 시간을 먹고 자란다.

이영이 다시 한번 운의 팔을 잡아당겼다. 자꾸 안으로만 파고드는 운을 계속해서 바깥으로 끌어냈다.

둘은 음악실 문을 열고 안으로 들어갔다. 운은 운의 자리에, 이영은 피아노 앞에 앉았다. 이영이 음악책을 악보대 위에 펴놓고, 뒤를 돌아봤다.

운은 교실에서 음악실까지 오는 길이 이렇게 멀었었나, 생각했다. 이영과 눈이 마주쳤다. 이영이 던진 질문들을 생각했다.

하나, 둘, 셋, 들이쉬고, 하나, 둘, 내쉬고, 숨을 의식하자, 평소에 어떤 속도로 숨을 쉬었는지 알 수 없어졌다. 하나, 둘, 셋, 넷, 다섯, 여섯, 일곱, 공연히 숨을 참고 있을 때, 음악 선생이 들어왔다. 콩이 쏟아지는 소리가 들렸다.

할머니,

운은 그날 밤 거북이 앞에 엎드려 울었다.
눈물이 왜 나는지 모를 일이다, 생각했다.
눈을 감았다, 떴다.

허구를 믿는 힘

피아노를 치면 피아노 선율에 맞게 분수가 연출되는 피아노
분수를 보신 적 있나요? 저는 주현우 씨와의 인터뷰를 준비하면서
처음 알게 되었습니다. 피아노 분수뿐만 아니라 우리나라에는
곳곳에 음악 분수가 설치되어 있습니다. 목포의 춤추는 바다 분수
들어보셨을까요?

이 해양 음악 분수는 바닷물이 솟아오르는 분수로 분사 높이가
최대 70m까지 올라간다고 합니다. 상상만 해도 시원해지는
기분이죠. 아름다운 음악 분수를 바라보고 있으면 저절로 이런
궁금증이 생깁니다.

이 분수는 어떻게 만들어졌을까. 음악과 물의 절묘한 만남은
누구의 손에 의해 탄생한 것일까. 보이지 않는 연출자의 손이 물의
춤을 지휘하고 있다는 생각이 들 때쯤이면, 음악 분수 연출가를
만나고 싶다는 열망이 분수의 물줄기만큼이나 높이 솟아오릅니다.
빛과 소리, 음악과 춤을, 물과 공기를 이렇게 조화롭게 하나의

세계에서 어우러지게 한 사람은 누구일까. 여러분도 궁금하시죠?
자, 그럼 이제 주현우 씨를 모셔보겠습니다.

박 안녕하세요, 주현우 씨. 반갑습니다. 자기소개 부탁드립니다.

주 안녕하세요, 주현우입니다. 이번 분수 연출을 맡았고,
지금까지 몇 개의 음악 분수 연출을 해왔습니다. 대학에서는
클래식 작곡을 전공했습니다.

박 처음 접했던 음악 분수는 무엇이었나요?

주 서서울 호수공원에 있는 분수였어요. 어릴 때 그 동네에
살았거든요. 비행기에서 81dB 이상의 소리가 들리면
자동으로 작동하는 소리 분수였습니다.

박 어떤 음악이든 들으면 바로 물줄기의 움직임이 상상되시는지
궁금합니다. 작곡과 음악 분수 연출 중에 어느 쪽에 더 흥미를
느끼시는지도 궁금하고요.

주 일을 시작한 지 얼마 안 되었을 때는 그랬던 것 같습니다.
모든 음악을 물의 춤으로 옮겨보는 습관이 있었어요.
이 리듬은 물줄기의 어떤 움직임으로 표현할 수 있을까.
길을 가다가 유행하는 노래가 나오면 멈춰 서서 그려보기도
했습니다.
"흔들리는 꽃들 속에서 네 샴푸향이 느껴진 거야." 이 노래가
엄청 유행한 때가 있었는데요. 거리를 지나가면 거의
돌림노래처럼 이 노래가 이어지곤 했습니다. "흔들리는
꽃들 속에서"까지 듣고 통신사 대리점을 지나가면, 액세서리
가게에서 "스쳐 지나간 건가 뒤돌아보지만"으로 이어지고,
이 노래를 피해 빠르게 걸어 빈티지 옷가게 앞을 지날

때쯤에는, "한번 연락해볼까 용기내보지만"이 흘러나오는. 거리 전체가 하나의 노래로 연결된 느낌을 받을 때가 많았어요. 그러면 그 노래에 맞는 물의 춤이 자연스럽게 그려지기도 했죠. 작곡을 안 한 지는 좀 됐고요.

어때? 괜찮지?

이영은 인터뷰의 끝까지 스크롤을 내려, 주현우의 사진이 나온 곳에 멈췄다. 무늬가 없는 흰색 반팔 티에 검정색 정장 바지를 입고, 꼰 다리 위에 깍지 낀 손을 올려놓은 주현우의 전신사진이었다. 운은 이영의 SNS에 올라온 주현우의 사진을 몇 번 본 적이 있었다. 낯익은 얼굴이었지만, 안경을 벗은 얼굴은 처음 보는 것 같았다. 운은 이영의 노트북 화면을 보고는 있었지만 인터뷰를 꼼꼼히 읽지는 않았다. 안경을 벗으니까 훨씬 예민해 보이는구나, 생각했던가. 이영과 다르네, 라고 생각했던가. 노래를 피해라니, 눈치를 보는 타입이 아닌 건 이영과 같은가, 라고 생각했던가. 운은 이영의 노트북에 떠 있는 주현우의 얼굴을 보았다.

사회화가 잘됐어. 밖에 나가서는 말도 멀쩡하게 잘해. 만나볼래?

이영이 물었다.

마태오는 언제 와?

운은 카페 위쪽으로 이어지는 오르막길을 보며 물었다.

우리 오빠 너랑 진짜 비슷해. 내가 너 처음 본 날 알아봤다니까. 같은 인간이다.

됐어.

사람을 만나. 사람을. 겁쟁이.

이영은 늘 운을 그렇게 불렀다. 겁쟁이.

운의 눈에 멀리에서 카페 쪽으로 걸어오는 마태오가 보였다. 이영의 등 뒤쪽 내리막길에서 내려오는 마태오가 카페에 가까워질수록 운은 두 사람이 참 잘 어울린다고 생각했다. 마태오는 검정색 반팔 티에 카키색 카고바지를 입고 있었는데, 몇 개의 가게들을 지나 카페에 도착할 때까지 단 한 번도 쇼윈도에 자신을 비추어 보지 않았다. 곧장 앞만 보고 걸었다.

나의 구세주.

운의 말을 듣고, 이영이 뒤를 돌아보았을 때, 마태오가 카페 문을 열고 들어왔다.

마태, 우리 오빠 괜찮지?

마태오는 눈으로 운에게 인사했다. 이영의 옆자리에 앉았다.

내가 현우를 만난 적이 있나?

운은 이영의 대답을 듣지 않아도 알 것 같았다. 웃으며 빈 컵을 들고 일어섰다.

마태오, 뭐 마실래요? 제가 주문하고 갈게요.

아뇨, 내가 하면 돼요. 배웅해줄게요.

마태오는 운을 따라 일어섰다.

배웅. 마태오는 정말 모르는 단어가 없네요.

이영이 배웅을 좋아해요. 배웅과 포옹.

마태오가 이영을 보고 웃었다.

같이 배웅하자.

이영이 서 있는 마태오의 손을 잡고 일어섰다. 카페 안에 있던 사람들이 세 사람을 번갈아 바라봤다. 마태오가 카페에 들어온 순간 마태오를 빤히 바라보는 사람도 있었다. 옆 테이블의 두 명은 노골적으로 경계하는 눈빛을 보냈다.

저는 배웅 질색이에요. 두 분 진정하세요.

운은 빠르게 빈 컵을 치우고, 카페를 빠져나갔다.

호모 사피엔스가 가진 중요한 능력 중 한 가지는 '허구를 믿는 힘'이다.

허구를 믿는 힘.

운은 카페를 가로질러 유리문을 밀고 나오는 동안 카페 안 사람들의 얼굴을 일별했다. 각자의 이야기에 골몰한 사람들. 사람들이 믿고 있는 허구와 자신이 믿고 있는 허구에 대해 생각했다. 빛과 물줄기의 움직임. 이영은 의심 없이, 망설임 없이, 상대를 향해 곧장 나아갔다. 느닷없이. 상대와 자신 사이에 이어진 빛줄기라도 있다는 듯이. 두 사람 사이에 흐르는 물줄기를 통해 삶의 모든 양분을 공급받는다는 듯이.

사랑을 믿는 힘.

지탱하는 허구. 지속하는 허구. 고집하는 허구.

운은 자신이 아무것도 믿지 않는다는 것을 알았다.

신을 믿지 않는다.

사랑을 믿지 않는다.

호모 사피엔스가 가진 중요한 능력.

카페 문을 열고 나가자, 카페 옆 핸드폰 대리점에서
커다랗게 틀어놓은 노래가 들렸다.

모든 소음을 빛과 물의 움직임으로 번역할 수 있다면.

운은 잠깐 현우의 귀를 상상했다. 고개를 갸웃하고,
빠르게 앞을 향해 걸었다.

이영과 마태오는 운이 카페 창을 통해 보이지 않을 때
까지 운을 바라봤다.

어딜 저렇게 바쁘게 가는 거야?

마태오가 이영에게 물었다.

집.

집?

집을 제일 좋아하거든.

애인이랑 같이 살아?

그렇다고 볼 수 있지. 근데 혼자 살아.

마태오는 맨해튼에 있는 엄마를 떠올렸다.

우리 오빠 만날까?

좋아.

그럼 다음 주말에 약속 잡는다. 나 출근 안 해도 돼.

이영은 현우에게 메시지를 보냈다.

오빠, 우리 마태오랑 만나. 토요일 5시, 괜찮지?

그렇게 해.

현우에게 바로 답이 왔다. 이영은 마태오에게 오빠의
답을 보여줬다.

이거구나.

응. 그렇게 해, 그러든가. 둘 중 하나.

해가 기울면서 카페 안으로 깊숙이 빛이 들어왔다. 이영은 눈이 부셨다. 손차양을 만들어 옆자리에 앉은 마태오의 얼굴을 가려주었다. 마태오가 손차양을 만든 이영의 손을 잡아 손등에 입을 맞췄다. "흔들리는 꽃들 속에서 네 샴푸향이 느껴진 거야." 카페에서 노래가 흘러나왔다.

난 이 노래가 너무 사랑스러워.

이영이 말했다.

다음 토요일에 세 사람은 만나지 못했다. 토요일에는 내내 폭우가 쏟아졌다.

탁상 달력

집에서 나가지 않고, 집에만 있으면 말이에요.
책도 없고, TV도 없고, 컴퓨터도, 핸드폰도 없이요.
사람을 아무도 만나지 않고, 사람 소리도 들리지 않는
상태로요. 오로지 시간만 흐르는 상태에서요.
나는 시험해보고 싶었습니다.
100일. 왜 곰에게 쑥과 마늘만 먹고 100일을 견디라고
했을까. 태어나서 100일이 지나면 첫 잔치를 하지
않습니까.
그래서 100일이 적당해 보였어요.
하루가 갈 때마다 탁상 달력에서 날짜를 지웠습니다.
석 달은 한 계절이 지나가는 시간이기도 하죠.
내내 눈이 내렸어요.
40일 넘게 눈이 내린 건 처음인 것 같았습니다.
창밖을 자주 보게 되더라고요. 볼 것이 없으니까.

거울과 창. 벽과 천장. 벽과 거울과 창, 천장을 보고만
있는데도, 손톱과 발톱, 머리카락이 자랐습니다.
물론 수염도요. 매일 씻었기 때문에 냄새는 나지 않았지만,
아마 씻지 않았다면 냄새 때문에 참을 수 없었을 거예요.
아무도 만나지 않고, 아무것도 듣지 않고, 아무 말도
하지 않으면.
시간만 보내면.
생각했던 건 아니었는데. 꿈을 꿨습니다.
매일 꿈을 꿨어요.
아침에 일어나면 꿈 해몽을 검색했습니다.
꿈을 해석하려고 했던 것은 꿈이 저를 해석하기를 원하지
않았기 때문이에요.
꿈이 시간의 발목을 잡고 있었습니다.
계속 잠이 쏟아졌어요.
달력에서 날짜를 지우는 일을 잊었습니다.
100일 동안 제가 잊은 것은 그것뿐이었어요.

　　마태오가 유튜브에서 검색한 것은 '잊기 위한 노력'
이었다.
　　제가 잊은 것은 그것뿐이었어요. 마태오는 전자음이
멈춘 영상에서 눈을 떼지 않고 계속 바라보았다. 붉은
조명 아래 흰 벽이 서 있었다. 영상에서는 한 사람의 목
소리가 흘러나왔고, 전자음이 반복적으로 끼어들었다.
일정한 패턴의 리듬이 반복됐다.
　　붉은 조명은 어디에서 쏟아지는지. 빛의 출처는 보이

지 않고, 벽에 파인 불규칙한 무늬들만이 클로즈업되었
다가, 뭉개지기를 반복했다. 100개의 구멍. 매일 벽을
파내면서 저 사람은 무슨 생각을 했을까.

영상이 멈춘 후에도 전자음이 이명으로 남았다.

마태오는 이명 속에서 엄마를 떠올렸다.

반복되는 소음. 이건 일종의 메시지일까.

마태오는 벽에 파인 크고 작은 홈들을 계속 보고 있
었다.

잊기 위한 노력?

이영이 마태오의 등 뒤에서 물었다.

안 잤어?

깼어.

이영은 낮에, 마태오는 밤에 주로 활동했다. 이영은
아침 일찍 출근했고, 마태오는 보통 집에서 작업했다.

잊고 싶은 것이 있어?

이영이 마태오의 뒤에서 두 팔로 마태오의 목을 감고
물었다.

전에 말한 앤솔러지. 이 문장들을 어떻게 번역해야
이 느낌이 훼손되지 않을 수 있을지 자신이 없어.

마태오가 멈춘 영상에 시선을 두고 말했다.

마태는 이해가 돼? 이렇게 내밀한 노력을 이런 공간
에 공개하는 것이?

이영은 이제 책상에 걸터앉아 마태오의 의자 위에 발
을 올려놓고 있었다. 마태오의 허벅지 바깥 쪽에 이영의
차가운 발이 닿았다. 까만 근육질의 허벅지 옆에 작은

흰 발 두 개가 나란히 놓였다.

이런 공간?

불특정 다수가 존재하는 공간. 누구나 마음만 먹으면 입장할 수 있는 공간.

이영이 이해할 수 없다는 표정으로 영상의 재생 버튼을 눌렀다. 바로, 전자음이 끼어들었다.

그런 생각을 한 때가 있었어. 내가 모르는 시공이 어딘가에 있다면. 거기로 가고 싶다. 거기로 보내고 싶다. 마음 같은 걸 말이야.

마태오가 영상에서 시선을 돌려, 이영의 눈을 바라보았다. 영상에서 나오는 사람의 목소리와 전자음이 둘 사이의 침묵을 채웠다.

미안해.

이영이 영상의 정지 버튼을 눌렀다.

뭐가?

이영은 대답 대신 마태오의 눈을 보았다.

까만 눈동자. 깊이를 알 수 없는 두 눈.

난 그냥. 시공이 사라진 암흑으로 뭔가를 던져버리는 마음을 알 것도 같다는 얘기를 하려던 거였어. 수억 킬로미터 날아서, 어디까지고 보내고 싶은 마음을.

마태오가 이영의 허리에 팔을 감으며 말했다.

나에게 보내. 네 마음은. 그렇게 멀리 말고.

이영이 마태오의 두 허벅지 사이로 왼쪽 발을 옮겼다.

난 이미 여기로 왔지.

마태오가 일어섰다. 이영이 마태오의 목에 두 팔을

감았다.

그런데 쑥과 마늘을 먹으면 사람이 된다는 게 무슨 말이야?

마태오가 이영의 귀에 속삭였다.

사람이 되어보겠어?

이영이 마태오의 입에 입술을 대고 속삭였다. 마태오가 이영의 허리에 감은 팔에 힘을 주어 이영을 가까이 끌어당겼다. 이영이 책상에서 미끄러져 내려왔다. 둘의 몸이 닿았다.

마태오의 혀가 이영의 입 속에 있었다.

너와 키스를 할 때마다, 처음 키스를 하는 기분이 들어. 내 입 속에 네 혀를 넣고 다니고 싶어.

이영은 말했었다.

마태오는 그해 내내 이를 닦을 때마다 이영의 말을 생각했다.

거울을 보고 있으면, 거울 속에 있는 것은 자신인데도, 이영이 함께 어른거렸다.

마태오는 이를 닦는 중에 자주 눈을 감았다, 떴다.

그해 겨울에는 눈이 열흘도 채 내리지 않았다.

8차선 도로의 차들은 늘지도 줄지도 않고, 매일 비슷한 속도로 달려갔다.

이따금 시위대 소리가 아침부터 이어졌고, 마태오는 잠들지 못했다.

가만히 누워서 40일 넘게 눈이 그치지 않는 서울을 상상했다.

시간이 지나가는 것을 알지 못했다. 같은 영상을 반복해서 봤다. 벽에 파인 홈들을 들여다봤다. 누구에게 보내는 메시지일까. 마태오는 닿을 수 없는 곳을 생각했다. 멀리 있는 사람들을 생각했다. 탁상 달력에서 날짜를 지워나가는 일을 마태오는 하지 않았다. 집에 달력 같은 건 없었다. 마태오는 현우와 강릉에 다녀온 날 밤, 벽시계를 떼어버렸다. 시계를 보는 일을 멈췄다. 시간이 사라지면 공간은 벽과 바닥. 그 이상의 의미를 갖지 않는다는 것을 알았다.

『잊지 못한 사람들』은 해가 바뀐 2월에 출간되었고, 번역자의 이름에 마태오는 없었다.

벽에 구멍을 내는 사람.

『잊지 못한 사람들』은 마태오에게도 배달되었지만 마태오는 읽지 않았다.

모든 것은 잊기 위한 노력으로부터 비롯된 것 같았다.

엄마를 자주 떠올렸다.

송곳으로 벽을 긁는다.

마태오는 매일 같은 꿈을 꿨다.

계속해서 잠이 쏟아졌다.

계속되는

한 사람의 인생을 결정하는 것은.
가까움. 멂. 메아리. 부름. 이음매.

현우와 이영의 부모는 같은 사람이다.
둘에게는 한 명의 엄마와 한 명의 아빠가 있다.
운에게는 아빠는 없고 반쯤의 엄마가 있다.
운은 자주 할머니를 불렀다.
　마태오에게는 두 명의 엄마와 두 명의 아빠가 있다. 한 명의 엄마는 마태오를 낳아준 엄마. 마태오는 그 엄마의 이름도 얼굴도 나이도 몰랐다. 그 엄마의 냄새, 목소리, 품의 온도를 몰랐다. 마태오는 그 엄마의 모든 것을 기억하지 못했다. 다른 한 명의 엄마는 마태오에게 이름을 지어준 엄마. 마태오는 두 번째 엄마와의 만남을 기억했다. 아가, 주님이 주신 선물. 너는 신의 선물이야. 마태오, 마태오는 자신의 이름의 의미를 알지 못했다. 신의 선물. 이름을 지어준 엄마는 신의 선물을 받고 계속 슬퍼하는 것 같았다. 신의 선물 때문에 슬픈 것 같았다. 엄마는 마태오가 열 살이 되기 전에 아빠와 이혼했다. 마태오는 낳아준 아빠의 이름도 얼굴도 나이도 몰랐다. 마태오는 다른 한 명의 아빠의 이름, 얼굴, 나이를 알았다. 그 아빠의 냄새, 목소리, 품의 아늑함을 알았다. 하지만 두 아빠 모두 잃었다. 마태오는 내내 두 번째 엄마와 살았다. 마태오는 그 엄마의 이름, 얼굴, 나이를 알았고, 그 엄마의 냄새, 목소리, 품의 깊이를 알았다. 하지만 마태오는 엄마의 슬픔, 불행, 절망을 오랫동안 알지 못했다. 엄마는 계속 울었다. 신의 선물을 붙잡고 울었다. 엄마는 잠에서 깨기를 원하지 않는 것처럼 보였다. 엄마는 자주 약을 먹고 잠들었다. 마태오는 엄마가 잠든 시간에 질문을 하게 되었다. 신이 있어, 엄마가 당신의 선물을 받은 거라면. 이럴 수 없다. 신이 있다면. 신은. 당신은. 있는가? 마태오는 알 수 없었다. 마태오는 슬픔에 빠지지 않은 엄마를 본 기억이 없었다. 엄마의 눈은 감겨 있거나, 울고 있었다. 인간 내면의 깊은 구멍. 인간의 불가해함을. 마태오는 오랫동안 들여다보았다. 그것을 메우려는 헛된 시도. 당신은 있는가? 마태오는 성인이 되고 집을 떠나면서 더이상 신의 이름을 부르지 않았다. 당신은 있는가? 질문 대신 엄마를 떠올렸다. 전화를 걸었다. 여보세요, 나의 선물. 엄마가 마태오를 부르며 울었다.

엄마.

마태오는 그날 아침, 엄마에게 전화를 걸었다.

엄마를 부르며 울었다.

부재는 한 사람의 삶을 결정한다.

발자국

겨울에 의뢰한 사람은 처음이었다.

집은 비어 있을 겁니다. 비밀번호는 문자로 남겨두겠습니다. 필요하시면 머물다 가셔도 좋습니다. 저는 일주일 뒤에 도착할 예정입니다.

그는 운에게 전화를 걸어, 자신의 집은 강릉에 있는데, 마당이 넓어서, 공원을 가꾸고 싶다고, 가능하냐고 물었다.

운은 핸드폰을 들고 일어섰다. 베란다로 갔다. 커튼을 걷었다.

이렇게 눈이 오는데.

지금은 땅이 얼어서 아무것도 시작할 수 없어요.

운은 고양이가 눈길을 가로질러 가는 것을 내려다보면서 말했다. 고양이는 빌라 주차장에서 나와 길가에 서 있는 트럭 아래로 들어갔다.

빨리 보고 싶어서요.

무엇을 빨리 보고 싶다는 걸까. 운은 그의 목소리에 간절함, 짜증, 조급함 같은 감정들이 섞여 있다고 생각했다.

네, 그럼 내일 다녀오도록 하겠습니다.

이런 사람의 경우 고집을 꺾지 않을 확률이 높았고, 그렇다면 길게 말하는 수고를 할 필요가 없었다. 운은 언제나 에너지가 덜 드는 쪽을 택했다.

감사합니다.

그의 목소리가 들렸고, 전화는 바로 끊겼다. 운은 계속 창밖을 내려다봤다. 2층 여자가 빌라 앞의 눈을 쓸고 있는 것이 보였다.

첫눈이다. 운은 계속 떨어지는 눈을 바라봤다. 창을 열고 고개를 내밀어, 하늘을 올려다봤다. 까만 하늘에서 눈송이들이 느리게 떨어져 내렸다.

첫눈이야.

어둠 속에서 이영의 호들갑스러운 목소리가 들리는 것 같았다.

고양이의 울음이 들렸다. 운은 고개를 숙여 트럭이 서 있는 곳을 보았다.

파란 트럭에 흰 눈이 쌓이고 있다.

형광 빗자루가 바닥을 부지런히 오간다.

고양이 발자국이 눈과 함께 지워진다.

운이 생각을 지우기 위해 보이는 것을 문장으로 만들고 있을 때, 그로부터 주소와 비밀번호가 적힌 문자가 도착했다.

이상한 사람이네. 더 머물다 가도 좋다니.

모르는 사람의 집에 일주일을 머물 사람이 몇이나 될까. 일면식도 없는 사람의 집. 운은 무서운 상상을 하고 싶지 않아서 혼잣말을 했다.

발자국.

2층 여자가 한 부분을 다 쓸고, 이동할 때마다 희미한 발자국이 여자의 뒤에 남았다. 눈은 계속 내렸다. 2층 여자의 검정색 점퍼 어깨에 내려앉은 눈송이들이 보였다.

운은 똑같이 생긴 눈송이는 없다는 사실을 맨 처음 발견한 과학자의 이름을 떠올렸다. 벤틀리. 세상에 내리는 모든 눈송이들이 다르다는 것을 알았을 때, 눈송이 중에 같은 모양의 눈송이는 없다는 것을 맨 처음, 발견했을 때, 벤틀리는 무엇을 본 기분이었을까.

윌슨 벤틀리는 평생 셔터를 눌렀다.

평생 눈의 결정을 바라봤다.

운은 다시 고개를 들어 하늘을 바라보았다.

눈은 조금 전보다 빠르게 내리는 것 같았다.

평생 하나를 들여다보는 사람.

평생 하나에 온 마음을 빼앗긴 사람.

그 하나가 눈송이일 수 있었다는 건 기적 같았다.

윌슨 벤틀리는 신을 믿었을까.

운은 궁금했다.

그가 보낸 문자를 다시 열어 확인했다.

강릉 강동면.

운은 신을 믿지 않았지만 누구에게라도 기도하고 싶었다.

눈을 감았다, 떴다.

아무래도 다른 업체에, 까지 문자를 쓰다가 지웠다.

네, 감사합니다.

답을 보냈다.

운은 그가 늦은 시간에 회사를 통하지 않고 개인적으로 연락을 해왔다는 것을 간과했다. 겨울의 의뢰. 얼마든지 머물러도 좋다, 같은 것들이 정작 중요한 사실을 잊게 했다. 진짜로 이상한 것은 덜 이상한 것들에 의해 가려졌다. 운은 불을 끄고 일찍 침대에 누웠다.

강릉 강동면.

운은 눈을 꽉 감았다. 생각을 지우고 싶어 핸드폰을 집어 들었다. 〈밤편지〉. 이영이 자주 부르던 노래를 검색했다. 플레이 버튼을 누르고 운은 다시 눈을 감았다. "이 밤 그날의 반딧불을 당신의 창 가까이 보낼게요" "난 파도가 머물던 모래 위에 적힌 글씨처럼" 가사가 띄엄띄엄 들렸다. 다 듣지 못하고, 정지 버튼을 눌렀다.

눈을 감고, 문자에 찍혀 있던 주소, 강릉 강동면을 계속 들여다보았다.

어디서부터 어디까지.

운은 알 수 없었다.

기다림의 몸짓

"재배의 몸짓은, 고대인들은 알았지만 우리는 잊어버린, 기다림의 몸짓을 향하는 서곡이다. 씨앗들을 흙으로 덮고 나서 우리는 앉아서 기다린다. 라틴어 쿨투라(Cultura)의 어원인 콜레레(Colere)는 '수확하다'라는 뜻만이 아니라, '돌보다'라는 뜻, 다시 말해서 조심하면서 기다리는, 지키면서 기다린다는 뜻이기도 하다."[†]

현우는 달렸다. 몇 주째 새벽에 달렸다. 밖이 캄캄한 시간에 집을 나서서 한강을 따라 반포지구까지 달려갔다 돌아오면 동이 텄다. 집에서 독립한 지 10년 만에 집으로 돌아왔다. 변한 것은 거실에 있던 TV가 사라졌다는 것뿐이었다. 현우의 방은 현우가 군 제대 후 독립해서 나간 이후 달라진 것이 없었다. 방은 그대로였다. 침대에 앉자 오래된 스프링에서 뭔가가 어긋나는 소리가 났다. 현우는 방으로 들어오면서 이영의 방문을 보았다. 방문은 닫혀 있었고, 방 앞에 작은 칠판이 걸려 있었다. '그리워하지 마세요. 언제든지 돌아올게요.' 이영의 글씨로 써 있었다. 이영의 글씨체는 중학생 때 변화를 멈춰서, 'ㅇ'이 크고, 'ㅣ'모음의 길이가 짧아 귀여웠다. 현우는 부모님이 이 글자들 앞에서 얼마나 여러 번 무너졌을지 알았다. 현우는 칠판 아래 있는 손가락 두 마디쯤 되는 크기의 지우개를 들었다.

오빠, 나 마태랑 같이 살고 싶어. 들어온 지 얼마 안 됐는데, 나가 산다고 하면 엄마 아빠가 너무 서운해할까.

이영이 물었었다.

현우는 그때 이영과 나눈 대화를 기억하지 못했다. 이후에 이영이 어떻게 집을 나왔는지 몰랐다. 부모님과 어떤 이야기를 나누었는지, 부모님의 반대가 있었는지 알지 못했다. 이영은 직장 근처에 집을 얻었다고만 했고, 현우는 이영의 집에 가보지 않았다.

현우는 지우개를 내려놓았다.

커다란 짐 가방을 옆에 세워놓고, 칠판에 글씨를 썼을 이영을 생각했다.

자신의 방 방문을 열고 들어가, 침대에 걸터앉았다.

왜 기다리고 있다는 생각이 드는 건지 모르겠어요.

운이 말했었다.

자꾸 기다리고 있다는 생각이 들어요.

저는 기다리고 있는 거 같아요.

현우는 운의 말을 생각했다.

기다려요.

주문을 거는 것처럼 혼잣말을 되뇌던 운을 생각했다.

사일런스 파크 사업 전체 회의에 참석했을 때, 현우에게 먼저 인사를 해온 것은 운이었다. 운은 회의가 끝난 직후, 운의 맞은편에 앉아 있던 현우의 자리로 건너와 자신의 명함을 건넸고, 김운입니다, 이영이 친구예요, 라고 자신을 간단하게 소개했다. 현우는 누군가가 가까운 곳에서 이영의 이름을 말하는 것을 몇 달 만에 들었다.

저를 어떻게 아시는지?

오빠 자랑을 많이 했어요. 인터뷰도 보여줬고요.

운은 자신이 이영과 꽤 오래 가까운 친구였다는 사실을 설명했다. 사무적이고 건조한 말투여서 현우는 운이 정말 이영과 가까운 친구였는지 의심이 들었다. 이영과 성격이 전혀 달라 보였고, 이영의 이름을 말할 때 운의 눈에서 어떤 감정도 느껴지지 않았다. 인사를 하고 서둘러 돌아서려는 찰나, 운이 그랬는데, 운이 그랬어. 이영이 시소에 앉아 몇 번인가 말했던 것이 떠올랐다. 현우는 사람들이 회의실을 빠져나가기를 기다렸다.

차 한잔 하실래요?

운이 먼저 물었다.

운은 가까운 곳에 이영과 자주 가던 카페가 있다고 했다.

둘은 카페에 한 시간쯤 마주 앉아 있었는데, 어느 쪽

도 말을 하지 않아서 계속 침묵이 흘렀다.

카페 앞에 커다란 은행나무가 있었다.

현우는 계속 은행나무를 바라봤다. 이따금 노란 은행 잎이 떨어졌다. 현우는 잎이 떨어져 바닥에 도착하는 것을 눈으로 따라갔다. 바닥에는 제법 많은 잎들이 떨어져 있었다. 누군가 지나가다가 낙엽 위에 멈춰 서 자신의 발 사진을 찍는 것이 보였다.

이제 그만 갈까요.

현우가 침묵을 그만 견디기로 하고, 말을 꺼냈을 때, 운이 말했다.

기다리고 있다는 생각이 들어요.

현우는 아무 말도 하지 않았다.

운이 몇 번인가 같은 말을 하는 것을 바라보기만 했다. 운은 계속해서 테이블 위에 놓인 냅킨을 보고 있는 것 같았는데, 냅킨은 젖어 있었다.

기다리고 있어요. 기다려요.

운은 반복했다.

운은 전날 회의 준비를 하다가 책장에서 이영이 선물해준 책이 회의 관련 자료들 사이에 끼어 있는 것을 보았다. 여러 몸짓들의 의미를 현상학적으로 분석하고 있는 책이었는데, 이영은 나무 거북이가 달려 있는 북마크를 「식물 재배의 몸짓」에 끼워 주었었다.

운은 북마크가 여전히 꽂혀 있는 「식물 재배의 몸짓」을 열었다.

첫 문장을 읽었다.

두 번째 문장을 읽었다.

세 번째 문장을 읽었고, 눈앞이 흐려져 글자들이 잘 보이지 않았다.

운은 책을 덮었다.

운은 자신의 어떤 몸짓에도 의미를 부여하고 싶지 않았다. 반복되는 무의미. 운은 일에서 오직 그것을 원했다. 재배의 몸짓의 의미는 세 문장 이후 본격적으로 서술되고 있었지만, 운은 다음 문장들은 읽지 않았다. 전쟁과 소유, 자기 것에 대한 기다림. 매복과 사냥과 재배의 차이. 인류의 변화. 같은 것들을 운은 읽지 않았다. 인류의 변화는 인류의 작은 몸짓에서 시작되었다. 씨앗을 뿌리는 몸짓.

우리는 앉아서 기다린다.

운은 계속해서 하나의 문장만을 생각했다.

회의장에 도착해서 현우의 얼굴을 처음 봤을 때도, 현우의 맞은편에 앉아 이영과 닮은 부분을 헤아려봤을 때도, 이영과 성별이 다른데도 어딘가 목소리가 비슷하다는 생각을 했을 때도, 운은 계속 생각했다.

우리는 앉아서 기다린다.

현우와의 침묵이 불편하지 않았다. 한 시간 만에 현우가 그만 갈까요, 하고 말했을 때, 운은 하마터면, 우리는 앉아서 기다린다. 소리 내 말할 뻔했다.

기다리고 있다는 생각이 들어요.

가까스로 정신을 차리고 말했다.

현우는 아무 말도 하지 않았다.

현우는 집에 돌아와 침대에 앉아 생각했다.

기다려요.

다음 날 새벽, 캄캄한 시간에 현관문을 열고 밖으로 나오면서 생각했다.

한강을 따라 달리면서도 생각했다.

본가로 돌아가야겠다고 생각했다.

계속 같은 말을 생각했다.

어둠 속에서 운의 말을 따라 했다.

기다리고 있어.

투명 망토

역지사지는 핵심을 비껴간다. 잠깐, 때때로, 한동안. 그 사람이 되어 생각해볼 수 있지만. 그 사람처럼 생각할 수 없다. 2m 15cm, 백인, 남성으로 살아온 인간은 2m 15cm, 백인, 남성으로 살아온 세월만큼 2m 15cm, 백인, 남성인 인간으로서 생각한다. 태어나서 한 번도. 이후로 이어지는 문장은 수만 개가 넘고, 태어나서 한 번도 사랑을. 이후로 이어지는 문장은 다시 수만 개가 넘는다. 끝없이 갈라지는 수만 개의 경우의 수만큼. 역지사지는 핵심을 비껴간다. 정확하게 과녁을 맞힐 수 없다.

투명 망토를 써도 끝끝내 사라지지 않는 것.

마태오는 이영이 되어 생각해보려고 노력했다.

운은 자신이 알고 있던 이영이 되어보았다.

주현우는 이영이라면, 매일 가정했다.

아무것도 달라지지 않았다.

모든 것은 바닥에 가라앉았다.

투명 망토는 존재를 숨긴다.

누군가 너에게 투명 망토를 씌운 거라면.

누군가 다시는 벗을 수 없는 투명 망토를 너에게 씌운 거라면.

운은 자꾸 자기 자신으로 돌아왔다.

자신으로 돌아올 때마다 사라지지 않은 이영을 보았다.

어디에 있어.

상상력의 원주를 결정하는 것은 그 사람의 믿음의 체계다.

인간이 상상하는 외계인의 모습이 그것을 반증한다.

지구가 사라진 뒤에도 현생인류는 남을 것이라는 상상은 믿음의 역설이다.

운은 계속해서 같은 곳에 도착했다.

같은 원의 둘레를 돌았다.

이영이 있는 곳에 도착하지 못했다.

단 한 순간도 이영이 되지 못했다.

아무들

눈을 감았다, 뜬다.
눈을 감았다, 뜬다.
할머니, 소리는 물을 흔든다.
할머니, 머리를 집어넣는다.
캄캄하다.
머리를 내민다. 환하다.
눈을 감았다, 뜬다.
눈을 감았다, 뜬다.
등이 커진다.
껍질이 벗겨져 나간다.
밥이다. 물 위에 밥이 떠 있다.
먹자, 먹는다. 먹자, 먹는다.
눈을 감았다, 뜬다.
눈을 감았다, 뜬다.

헤엄치지 않는다. 헤엄쳐 갈 곳이 없다.

바위에 오른다. 등이 마른다. 사람이 움직인다.

물속으로 들어간다.

할머니, 소리가 물의 표면을 흔든다.

흐르지 않는 물은 고요하다.

물이 썩는다.

조금씩 썩고 있다.

머리를 넣는다.

죽은 척한다.

죽은 듯이 있다.

　운은 거북이를 바다로 돌려보내고 싶었다. 고등학교
를 졸업하고, 집을 나오면서 거북이를 바다로 보내주기
로 결심했다. 집에서 뛰쳐나가고 싶을 때마다, 최대한
숨을 죽이고 있다고 느낄 때마다, 언니나 엄마의 목소리
를 듣기 싫어서 그들이 모두 잠든 늦은 시간에 집에 들
어갈 때마다, 거북이를 보았다. 거북이는 눈을 감고 있
었다. 바다로 보내줘야지. 그렇게 생각하고도 시간을
한참 흘려보냈다. 거북이까지 보내고 나면 집을 견디기
가 더 힘들 것 같아서, 운은 거북이에게 계속 빚을 지기
로 했다. 거북이는 거의 움직이지 않았다. 할머니, 난 아
직도 나밖에 몰라. 운은 어쩌다 집에 혼자 있게 되면 거
북이 앞에 엎드렸다. 밥을 주고, 거북이가 이제 날카로
운 이빨을 자랑하는 입을 벌려 물에 뜬 밥을 두 개, 세 개
씩 먹는 것을 바라보았다. 뱀이랑 비슷하구나. 거북이

는 빠르게 자랐다. 운은 그렇게 느꼈다. 거북이는 해가 다르게 커졌다. 커질수록 거북이의 움직임이 줄었다. 어항에는 내내 거북이 한 마리. 거북이에게 어항은 좁아 보였다. 어항은 멈춘 시간 같았다. 분과 분 사이. 눈금 사이. 거북이가 어항 속에 있다.

바다에 가자.

운은 스무 살 2월, 마지막 날에 이영에게 전화를 걸 었다.

둘은 기차를 타고 강릉으로 갔다.

어항은 무거웠고, 거북이의 머리는 보이지 않았다. 운은 거북이 방생을 검색했다.

이걸 이제야 검색해?

옆에서 이영이 타박했다.

바다로 보내줘야 한다는 생각이 커져서 다른 생각을 못 했어.

하나만 생각하지 말랬지.

이영이 자신의 핸드폰에 열린 포털 창에도 거북이 방 생을 검색하면서 말했다.

기차는 빠르게 달렸고, 어항의 물은 이따금 흔들렸다.

불법, 외래종의 생태계 교란, 생태계 파괴, 유기, 방생 이 아니라 살생.

두 사람은 동시에 같은 단어들을 보았다.

무슨 종이야?

몰라.

몰라?

어릴 때부터 키워서, 좋은 몰랐어.

그럴 수 있지.

이영이 어항 안에 있는 거북이 등의 무늬를 유심히 보면서 말했다.

기차는 강릉역에 도착했다.

두 사람은 거북이를 들고 기차에서 내렸다.

이제 어쩌지?

운이 어항을 두 손으로 들고 난감한 표정으로 물었다.

뭘 어째. 거북이한테 바다를 보여주자.

이영이 운의 팔을 잡아끌었다. 둘은 택시를 탔다.

강문해변으로 가주세요.

이영이 기사님에게 말하고, 예전에 가족들이랑 가봤어, 옆자리에 어항을 안고 있는 운을 보고 말했다.

학생들 같은데, 그거 거북이 설마 바다에 보내려는 건 아니지? 그거 불법이야. 내 참. 사람이 키우던 걸 바다로 보낸다고 거북이가 사나. 키우기 싫어지면 내다 버리는 걸 방생이라고 하는 게 말이 돼. 부처님 오신 날은 얼마나들 오는지. 부처님이 노하실 일이지.

기사는 두 사람에게 일장 연설을 했다.

이영은, 아니에요, 거북이한테 바다 구경시켜주려고요, 말했다가,

바다 구경? 거북이가 바다 보고 싶을 거 같아? 평생 어항에서 주는 밥 먹고 살았는데. 아이고, 이제 그 거북이 어쩌나. 바다 보고 나면 상사병 걸리겠네.

기사가 비아냥거리는 것을 듣고는 입을 닫았다.

거북이가 커지니까, 부담스러운 거지. 그러면 꼭 방생을 한다고 해. 작고 귀여울 때는 귀여워서 키우다가. 커지니까, 징그럽고, 똥만 많이 싸고, 감당이 안 되거든. 부담이라는 게 그렇잖아. 빨리 내다 버리고 싶지. 어디다 버릴까. 그 궁리만 하게 된다니까. 짐이지. 짐.

기사님, 지금 기사님 말씀이 부담스러워요. 잘 알지도 못하는 사람이 하는 조언만큼 부담스러운 것도 없죠. 저희 여기 내려주세요.

운이 참지 않고 말했다. 기사는, 어린 게 싸가지하고는, 욕을 뱉고 차를 세웠다. 아직 바다는 보이지 않았고, 대형 마트 앞이었다. 운은 돈을 지불하고, 차에서 내렸다. 이영이 따라 내렸다. 둘은 말없이 택시가 달리던 방향으로 조금 걸었다.

내가 들까?

이영이 물었다.

아니, 저기 승강장에서 다른 택시 타자.

운이 앞서 걸었다. 둘은 서 있던 다른 택시를 탔다. 기사는 백미러로 두 사람을 흘긋 보더니, 아무 말도 하지 않았다.

강문해변으로 가주세요.

대답은 없었고, 택시는 출발했다. 두 사람은 강문해변에 내렸다. 울창한 소나무들 사이로 바다가 보였다.

오래된 나무들이네.

운이 고개를 들어 나무의 끝을 올려다보았다. 솔잎들 사이로 맑은 하늘이 보였다.

바다다!

이영이 외쳤다. 흰 파도가 몰려왔다. 해변에 들어서자 모래에 발이 푹푹 빠졌다. 아직 겨울 기운이 남아 있는 바람이 몰아쳤다. 해변에 다른 사람은 없었다. 운이 기우뚱할 때마다 어항 속의 물이 흔들렸다. 거북이는 기차에 탄 뒤로 머리를 넣고 다시는 머리를 내놓지 않았다.

파도가 밀려왔다.

운은 파란색 뚜껑이 덮인 어항을 모래 위에 내려놓고, 신발을 벗었다. 양말도 벗었다. 옆에서 이영이 운을 따라 신발과 양말을 벗었다. 운은 바다로 들어갔다. 파도가 밀려왔다. 이영이 잘 말아서 잡고 있던 치마를 놓았다. 파도에 초록 치마가 젖었다. 파도가 밀려왔다. 운의 정강이에 파도가 부딪쳐 걷어올린 면바지가 다 젖었다. 이미 다 젖은 이영의 초록색 치마가 파도에 따라 움직였다. 파도 소리와 바람 소리에 귀가 먹먹했다.

바닷속은 고요할 것이다.

운은 눈을 감았다, 떴다.

물이 너무 차.

이영이 떨고 있는 운의 어깨를 감싸 안아주었다.

파도가 밀려왔다.

두 사람의 머리카락이 사방으로 날렸다.

조금 전보다 더 큰 파도가 몰려왔다.

운은 파도의 힘에 휘청했고, 그대로 주저앉았다.

이영이 옆에 나란히 앉았다.

파도가 칠 때마다 바닥에 주저앉은 둘의 가슴까지 물

이 차올랐다.

센 파도가 오면 둘의 상체가 파도에 밀렸다. 바닷물이
얼굴에까지 튀어서 입이 짰다. 두 사람의 입술이 금방 파
랗게 변했다.

할머니,

운은 얼굴에 튄 바닷물을 바닷물에 다 젖은 손으로 닦
으며 속으로 할머니를 불렀다.

할머니,

거북이는 어항 속에 있었고, 거북이의 머리는 보이지
않았다.

사실은 부담스러웠나 봐요. 징그러웠나 봐요.

할머니,

저는 자꾸 저를 속여요.

기만은 중독이에요.

운은 그날 집으로 돌아와서 거북이가 되었다.

절대로 거북이가 될 수 없다는 걸 알았다.

절대로 다른 생명처럼 생각할 수 없다는 걸 알았다.

인간답게.

인간에서 한 발도 벗어나지 못한다.

운은 본성에 대해 생각했다.

계속 눈을 감았다, 떴다.

죽을 때까지.

눈을 감았다, 떴다,

죽을 때까지 같이 산다.

다음 날 운은 거북이와 함께 집을 나왔다.

되돌아오다

마태오가 사슴을 보고 있다.

사슴은 숲속에서 조용히 마태오를 바라본다. 도망가지 않는다. 뒤에서 사람의 발소리가 들린다.

안녕.

마태오는 자신의 어깨를 두드리는 손에 놀라 뒤를 돌아본다. 한 발 물러선다.

아는 얼굴이다. 피지컬 사이언스(Physical Science) 수업에서 본 적이 있다.

여기에서 뭐 해?

동양 여자애. 마태오는 한국인과 중국인과 일본인을 구분하지 못한다.

산책.

마태오가 대답한다.

학교에서 본 적 있어. 이름이 뭐야?

동양 여자가 마태오에게 묻는다.

마태오.

난 이영.

여자가 마태오에게 손을 내민다. 마태오는 어색하게 여자의 손을 잡는다.

친구 할래?

이영이 마태오의 손을 잡고 위아래로 흔들며 묻는다.

친구는 서로의 영혼을 딛고 있다고 생각해.

이영이 웃으며 말한다.

장난기가 가득한 얼굴이다.

나를 알아?

마태오가 웃지 않고 묻는다.

학교에 동양인, 흑인 다 합쳐도 얼마나 된다고. 모르기도 어렵지.

이영이 마태오의 손을 놓는다.

친구는 뭔지 모르겠고. 사람은 사람을 딛고 있는 게 아니라, 밟고 있지. 사람은 사람을 떠밀고, 짓밟아.

마태오는 말하고, 어깨를 으쓱한다. 사슴이 있던 자리를 돌아본다. 사슴은 보이지 않는다.

마태오,

이영이 다시 마태오의 어깨를 툭툭 친다.

같이 걸을래?

학교에서 가까운 공원이긴 했지만, 이 공원에서 학교 사람을 만난 것은 처음이었다. 마태오는 혼자 있고 싶어서 이 공원으로 왔다.

아니.

그래, 그럼. 언제든지 생각이 바뀌면 말해. 나 먼저 간다.

이영이 손을 흔들었다.

이영.

마태오는 이영이 빠르게 앞서가는 것을 보면서 이영의 의미를 생각했다.

마태오는 천천히 걸었다.

이영이 보이지 않게 될 때까지 느리게 걸었다.

이영이 눈앞에서 사라졌을 때, 풀밭에 누워 있는 개를 보았다. 공원에서 여러 번 본 적 있는 골든 레트리버였다. 마주칠 때마다, 공원에 사는 개인지 궁금했던 개였다. 눈을 감고 있나, 궁금해서 가까이 다가갔다가 마태오는 깜짝 놀랐다. 개 옆에 이영이 누워 있었다. 모로 누워 눈을 감고, 무릎을 구부리고 있는 이영의 모습에 웃음이 나왔다.

외로웠구나.

마태오는 경계심이 풀리는 걸 느꼈다.

거기서 뭐 해?

마태오가 물었다.

사라진 척.

뭐라고?

사라진 척하는 거라고. 너한테 방금 친구도 거절당했고, 과제는 산더미고, 과 애들은 동양인이라고 대놓고 무시해. 지옥이 따로 없지. 그렇다면 이 지옥에서 내가 사라지는 수밖에.

마태오는 웃었다.

너 유치한 거 알지?

자의식 과잉인 인간은 절대 유치할 수 없는 거 알지?

이영이 대답했다.

근데 너 어디에서 왔어?

서울. South Korea. 넌?

맨해튼. 근데 이영, 너 이름 뜻이 뭐야?

이치 리, 신령 영. 혼백 영.

뭐라고? 나 한국어 못 해.

음, The logic of the soul, The spirit of logic?

"영혼들이란 무엇인가? 햇빛에 비쳐 보이는 공기 중의 모든 먼지들이다." 아리스토텔레스가 말했지. 내 이름만큼 답 없는 이름이네.

말하고, 마태오는 웃었다.

이치 리에 신령 영이 무슨 의미인지. 이영은 확신할 수 없었지만. 웃었다. 모국어로도 설명하기 어려운 이치의 의미를 마태오에게 영어로 설명할 자신이 없었고, 신령, 혼백의 의미는 알지 못했다. 이름의 뜻이야 무엇이든. 마태오가 누워 있는 이영에게 손을 내밀었다. 이영이 마태오의 손을 잡고 일어섰다. 4월 7일이었다. 마태오는 시내에서 크위부카 행사가 있다는 걸 알고 있었지만 가지 않았다.

두 사람은 입학 첫 해, 4월 7일, 배터리 켐블(Battery Kemble) 공원에서 처음 만났다.

워싱턴을 떠날 때까지 둘은 매일 배터리 켐블 공원에 갔다.

움푹한 공간.

이영은 켐블 공원을 한국어로 그렇게 불렀다.

오늘의 움푹함이 필요해.

이영은 매일 농담처럼 말했다.

워싱턴을 떠나기 전날, 마지막으로 켐블 공원에 갔을 때, 마태오가 한국어로 이영에게 물었다.

움푹함이 필요하다는 게 무슨 말이야?

글쎄.

글쎄가 무슨 뜻이야?

글쎄? 대답을 피할 때 쓰는 말?

뭐?

마태오가 웃었다.

움푹한 곳에서 소리를 지르면 메아리가 돌아오잖아. 소리가 빠져나가지 않고. 마음이 머물 공간이 필요했어. 계속 흩어지니까.

둘은 계속 손을 잡고 있었는데, 이영이 산책로 가까이 내려온 사슴을 보며 말했다.

움푹한 구멍.

마태오는 불가해한 구멍을 하나 더 가진 기분이었다. 사슴의 눈을 보았다.

가끔 사슴이 보고 싶을 거라고 생각했다.

서울에도 그런 공간이 있어?

집.

사슴이 계속 두 사람을 보고 있어서 둘은 움직이지 않고 한동안 서 있었다.

그날 왜 나에게 친구를 하자고 했어?

마태오가 다시 물었다.

글쎄,

이영이 대답하자, 마태오가 소리 내 웃었다.

이영은 마태오의 손을 놓고 빠르게 걸었다. 마태오보다 조금 앞선 거리에서 뒤를 돌아, 마태오를 보고 말했다.

너는 키가 작고, 어디를 보는지 알 수 없고, 느리게 걸으니까.

사실, 공원에서 널 몇 번이나 봤어. 나 그 개 옆에 자주 누워 있었거든. 내가 누워 있으면 네가 천천히 다가왔다가, 천천히 멀어져갔어. 느린 발걸음 소리가 들리면 너인 걸 알았지. 그러다 어느 날 일어나 앉았어. 너가 날 발견할 수도 있다고 생각했거든. 근데 넌 앞만 보고 있었어. 앞을 보고 있는데, 어딜 보는 건지 모르겠더라고. 난 어딜 보는지 모르겠는 눈을 하고 있는 사람들이 좋아. 그들은 별 욕심이 없거든. 그리고 알았어. 너를 처음 안았을 때, 너도 숨을 느리게 쉰다는 걸.

알아들을 수 없는 말만 하는군.

가까이 다가온 마태오가 이영의 눈을 마주보며 웃었다.

이영은 이제 개 옆에 누워 있었다.

사라지는 중이야. 사진 찍어줘.

이영이 눈을 감았다.

마태오는 서울에서 매일 이 사진을 봤다.

오늘의 움푹함이 필요해.

사진에서 이영의 목소리가 들렸다.

아무것도 없다
매미가 운다

TV에 돌을 키우는 남자가 나왔다. 그는 돌에 모자를 씌우고, 돌과 사진을 찍었다. 그는 웃었다. 돌은? 모르겠다.

매미는 울었다.

입추가 지났는데 아직 매미가 울어.

여의도 매미는 지독해.

너는 말했지.

아직 매미가 운다.

오늘도 매미가 운다.

안 우는 줄 알았는데 새벽 1시 30분에 갑자기 울기 시작했다.

매미 한 마리.

한 마리의 울음소리가 얼마나 큰지 방충망에 붙은 매미 때문에 잠에서 깼다.

매미는 계속 운다.

언제까지 울 거지.

내일이나 모레, 어느 날.

갑자기 매미가 뚝, 울음을 그치는 순간을 알고 싶지 않다.

매미가 사라진 밤을 기억하고 싶지 않다.

매미야, 울어라.

어렸을 때는 눈사람과 매미가 비슷하다고 생각했다.

그들은 떠날 때가 되면 떠난다.

마태오는 매일 한 줄씩 한국어로 생각했다.

매일 한 번은 매미를 생각했다.

심장에 매미가 살기 시작한 것은 언제부터인가.

그해 여름내 매미가 울었다.

그치지 않고 우는 매미를 토할 수 없다.

마태오는 TV를 틀어놓고, 매미 소리를 들었다.

매미가 없다.

매미가 없다.

매미가 없다.

무엇 : 모르는 사실이나 사물을 가리키는 지시대명사

운은 청소기를 돌리고 있었다.

강릉으로 출발하기 전에 집 정리를 하고 싶었다. 장거리
운전 전에, 운은 꼭 집 정리를 했다. 운의 집에는 가구나
짐이 거의 없었다. 운은 옷장 하나와 침대 하나가 놓여 있
는 방을 다 닦고 소파 하나가 놓여 있는 거실로 나왔다.

임진아.

소파 위에 놓아둔 전화가 울렸다. 진아의 이름을 보
자, 심장이 빠르게 뛰기 시작했다. 청소기 작동을 멈추었
다. 그날 이후 진아가 전화를 걸어온 것은 처음이었다.

여보세요.

나야. 잘 지냈어?

진아가 물었다.

응, 넌?

운은 이제 진아가 무슨 말을 할지, 어떤 새로운 뉴스를

전할지 두려웠다.

무슨 일 있어?

운이 참지 못하고 물었다.

아니. 나 일 그만뒀어.

왜?

운은 그날 이후로도 진아가 쓴 기사를 찾아본 적은 없었다.

지겨워져서.

진아는 정말 지쳤다는 듯 한숨을 길게 내쉬었다.

무슨 일 있어?

운은 다시 물었다.

어제 영상을 봤는데.

영상?

응, 대기과학자가 기후 위기를 설명하는 영상이었는데. 날씨와 기후를 인간의 기분과 성품으로 설명하더라. 날씨는 기분처럼 매일 변하고, 기후는 한 인간의 성품처럼 변하지 않고 지속되어야 하는 거라고.

운은 긴장했다. 진아와 편하게 수다를 나누는 사이는 아니고, 지난 통화 이전에도 둘은 연락을 주고받는 사이가 아니었다. 무슨 이야기를 하려는 걸까. 운은 청소기를 손에 쥐고 서 있었다. 청소기를 쥔 손에 힘이 들어갔다.

인간의 성품. 그런 게 뭐지?

진아가 생각지 못한 곳에서 말을 맺었다.

운은 대꾸할 말을 찾지 못했다. 청소기의 먼지통을 들여다봤다. 방금 빨아들인 먼지가 보였다.

미안하다는 말을 하고 싶었어.

잠깐의 침묵을 깨고, 진아가 말했다.

무슨 말이야?

운은 당황했다.

미안해.

진아의 목소리는 조금 전보다 더 가라앉아 있었다. 수화기 너머에서는 아무 소리도 들리지 않았다.

아이는 유치원에 간 걸까. 운은 생각했다.

오래전에 오해했었어.

진아의 목소리가 떨렸다.

오해?

진아는 대답 없이 울기 시작했다.

운은 진아를 처음 보았던 날을 기억했다. 2학년 5반 앞문에 서서 이영이를 부르던 여자애. 운은 그 뒤로 가끔 이영에게 진아 이야기를 들었다. 중학교 때부터 친구였던 것, 진아가 가끔 이영이네 집 앞으로 찾아온다는 것, 몇 개 신문사에 동시에 합격했고, 신문사에서 만난 선배와 결혼했다는 것. 운은 진아에 대해 그것 이상은 알지 못했고, 궁금해하지 않았다.

진아의 울음은 점점 커졌다.

운은 긴장이 풀리는 걸 느꼈다. 무슨 일이 있어서, 새로운 뉴스 때문에 전화한 건 아니다. 청소기를 소파에 기대어 내려놓았다.

한 번도 솔직하지 못했어.

진아는 이영에게 말하는 것 같았다.

무서웠어. 무서웠어.

진아는 들릴 듯 말 듯 인사를 남기고 전화를 끊었다.

운은 전화를 끊고서야 계속 서 있었다는 것을 깨달았다. 전화를 소파 위에 내려놓고 바닥에 앉았다. 진아의 울음이 귓가에 남았다. 창밖을 보았다.

아주 조금 열어놓았을 뿐인데, 베란다 창으로 찬 바람이 몰려 들어왔다. 좁은 틈을 통과하느라 바람에 음이 실렸다. 음산한 소리가 들렸다. 운은 발이 시리다고 느꼈다. 영하 10도 이하로 떨어지는 강추위가 계속되고 있었다. 기분이 전화를 받기 전과 같은 상태로 돌아갈 수 없으리라는 것을 알았다.

소파에 올려놓은 전화가 울렸다.

엄마.

운은 발신자를 확인하고, 수신 거절 버튼을 눌렀다.

그런 게 뭐지?

진아의 말을 생각했다. 바람 소리가 조금 전보다 크게 들렸다.

운은 소파 옆에 놓인 커다란 수족관을 보았다.

할머니,

거북이가 돌 위에 올라와 있었다. 눈을 뜨고, 수족관 안 어딘가를 보고 있었다.

무엇을 보고 있어.

무엇을.

운의 소리 때문이었는지, 거북이가 물속으로 들어갔다. 수면에 파문이 일었다. 물속에 들어간 거북이의 콧구멍에서 공기 방울 하나가 수면으로 올라왔다.

무엇인가.

운은 자리에서 일어섰다. 청소기를 집어 들고, 작동 버튼을 눌렀다. 청소기가 돌아가는 소리가 바람 소리와 섞여 소란스러웠다. 여러 사람이 옆에 있는 기분이었다. 거실의 끝에서 끝까지 빠르게 움직였다.

텅 빈.

운은 뭔가가 비었다고 느꼈다.

기분이 없을 수도 있나, 생각했다. 진아에게서 들렸던 소리를 기억해내고 싶었는데, 희미했다.

시냇물이 흐르는 소리는 아니었는데.

그런 게 뭐지?

거북이가 물속에서 눈을 감았다, 떴다.

금사슬나무

모든 걸 포기하고 싶게 하는 사람이 있다.
모든 걸 사라지게 만드는 사람.

　이영의 SNS에 마지막으로 올라온 사진은 금사슬나무였다. 금사슬나무의 초록 잎과 노란 꽃이 세례처럼 쏟아져 내리는 사진. 넓은 잔디밭 위에 커다란 금사슬나무 한 그루가 서 있다. 빛이 금사슬 사이를 통과해 노란 꽃잎들이 투명하게 빛난다. 마치 빛무리가 하늘에서 쏟아져 내리는 것 같다.

　아카시아꽃을 닮은 노란 꽃차례가 쏟아져 내리는 금사슬나무를 처음 보았을 때, 운은 걸음을 멈추고, 한동안 움직이지 못했다. 마림바. 마림바의 음들이 동시에 머리 위에서 쏟아져 내렸다. 서울에서 한 번도 보지 못한 나무였다. 이 나무를 보려고, 여기까지 왔구나. 나무가 뭔가를 뿜어내고 있었는데. 아무리 사진을 찍어도 그것을 담을 수는 없었다. 운은 한참 동안 그대로 서 있었다. 날이 어두워져서야 집으로 돌아왔다. 워싱턴에 있는 이영에게 사진을 전송했다. 여전히 눈앞에서 마림바의 음들이 하나씩 선명하게 노란빛으로 흔들렸다.

너를 닮았어.

운은 사진 아래 이렇게 써서 보냈다.

Amazing!

이영은 마태오처럼 말했고, 바로 사진을 저장했다.

몇 년 동안 가지고만 있던 금사슬나무 사진을 이영이 왜 그날 SNS에 올렸는지 운은 알지 못했다.

보고 있으면 정신이 나갈 거 같아. 사람을 홀려.

이영이 금사슬나무를 실제로 보면 어떠냐고 물었을 때, 운은 이렇게 대답했다.

그 꽃차례 아래 서 있으면 금사슬에 두 눈을 잃을 것 같아. 그토록 아름다운 나무 아래. 쏟아지는 빛을 어떤 말로도 표현할 수 없어. 낯선 황홀함 때문에. 살고 싶어. 살고 싶다는 생각이 들어.

이영은 운이 뭔가를 사랑하는 것을 거의 본 적이 없었기 때문에, 그 뒤로도 자꾸 금사슬나무에 대해 물었다. 그때마다 운은 대답했다. Holy. 살아 있어.

얼마나 자주 그 나무를 찾아갔는지 몰라.

학명: Laburnum anagyroides
계: 식물

문: 속씨식물

강: 쌍떡잎식물

목: 장미목

원산지: 유럽

크기: 높이 10m

"유럽 원산이다. 높이 10m에 달하고 관목 모양으로 가지가 갈라지는데, 가지는 회녹색이고 털이 있다. 잎은 어긋나고 3개의 작은 잎으로 구성되며, 작은 잎은 타원형이고 길이 3~5cm로서 털이 표면에는 없으나 뒷면에는 밀생한다. 꽃은 황색으로 5~6월에 피고 길이 20cm 정도의 꽃이삭에 총상꽃차례로 접형화(蝶形花)가 달린다. 꼬투리는 선형(線形)으로 길이 5~7cm이고 겉에 짧은 털이 밀생한다. 전초 특히 풋열매에는 독이 있다고 한다. 관상용으로 심기도 한다."

이영은 자신의 SNS에 운이 보내주었던 금사슬나무의 사진을 올리고, 아래에 금사슬나무에 대한 설명을 스크랩해두었다.

"노란 꽃송이가 늘어지게 피는 나무."

그리고 그 아래.

모든 걸 포기하고 싶게 하는 사람이 있다.

모든 걸 사라지게 만드는 사람.

이렇게 덧붙여 적었다. 아래에는 아무 해시태그도 없었다.

마태오는 금사슬나무를 매일 들여다봤다.

하루도 빠짐없이 쏟아지는 빛무리를 보았다.

모든 걸 포기하고 싶게 하는 사람이 있다.

이 문장을 계속해서 읽었다. 금사슬나무는 끔찍하게 아름다웠고, 마태오는 그 나무를 볼 때마다 숨이 막혔다. 그래서 무엇을 포기했어. 그래서 무엇이 사라졌지. 마태오는 이영에게 묻고 싶었다. 대답이 없을 것을 알면서도 금사슬나무의 사진을 볼 때마다 혼잣말을 했다.

마태오가 운에게 나무에 대해 물었을 때, 운은 그 사진이 자신이 그리니치(Greenwich)에 있을 때 이영에게 찍어 보낸 사진이라고만 했다. 특별한 의미가 있었을까요. 모르겠어요. 운은 자신이 없다고 말했다. 이영은 이전에도 운이 찍은 식물 사진에, 식물에 관한 설명을 스크랩한 내용을 정리해서 SNS에 올리곤 했다. 마태오도 운도 그것에 큰 의미를 두지 않았고, 스크랩한 내용 이외에 이영이 직접 쓴 문장이 담긴 것은 금사슬나무가 처음이었다.

이영에게 이 나무를 닮았다고 했었어요.

운이 맞은편에 앉아 핸드폰만 들여다보고 있는 마태오에게 말했다.

운은 자신이 그 나무를 보면 살고 싶다고 말했던 것을 잊었다. 그건 삶이야. 말했던 것을 잊었다. 죽고 싶었던 많은 순간에 금사슬나무를 보러 갔었다고. 죽도록 힘든 순간마다 금사슬나무 생각이 났다고. 이영에게 말하지 않았기 때문에. 이영이 자신과 같은 순간에 금사슬나무를 떠올렸을 거라고 생각하지 못했다.

운은 이영에게 보냈던 메시지, 문장만을 기억했다.

신성이 필요한 순간이 있어.

운과 마태오는 셋이 만났던 카페에서 이따금 만났다.

운은 운이 늘 앉던 자리에, 마태오는 늘 마태오가 앉던 자리에 앉았다. 이영의 자리가 비어 있어서, 두 사람은 대각선으로 마주 앉았다.

마림바 소리. 그걸 이영이에게도 들은 적이 있었거든요.

마태오는 사진에서 무슨 단서를 찾을 수 있을 것처럼 나무를 계속 들여다봤다.

이상하지 않아요? 운도 이게 사랑을 의미한다고 생각해요?

마태오가 끝까지 피하고 있던 질문을 던졌다.

아뇨.

운은 이를 악물었다. 마태오의 까만 눈동자를 바라보았다. 마태오는 말이 없었다. 운은 마태오의 눈이 여전히 이영을 보고 있다는 것을 알았다. 하나만 들여다보게 되면 눈은 어느 때나 거기에 머문다. 절망한 사람들의 눈빛은 무엇 앞에서도 바뀌지 않는다. 그는 계속해서 같은 것을 보고 있다. 그의 눈이 비어 있는 것은 그가 눈도 깜빡이지 않고, 잠들지 않고, 계속 들여다보고 있는 하나가 빛을 모두 빨아들이고 있기 때문이다. 빛도 어둠도 시간도 삶도. 모든 것이 거기 있다. 운은 마태오에게서 참을 수 없는 소리를 들었다. 그건 울음도 절규도 아니고, 비명도 아니었다. 뭔가 갈리는 소리. 뭔가 짓이겨지는 소리. 운은 소용이 없다는 걸 알면서. 참을 수 없어. 두 귀에 손을 얹었다.

괜찮아요?

마테오가 걱정스러운 눈으로 운을 바라봤다.

귀는 막을 수 없다.

더 큰 소리만이 소리를 덮는다.

갑자기 비가 쏟아졌다.

마테오와 운은 동시에 카페의 통유리 너머를 바라보았다. 빗줄기가 굵어서 앞이 잘 보이지 않았다. 바닥에 부딪쳐 튀어 오르는 빗줄기들.

겨울에도 소나기가 오네요.

마테오가 말했다.

두 사람은 한참 동안 쏟아지는 빗줄기를 바라보았다.

강릉은 어땠어요?

마테오가 물었다.

함몰

아는 식물의 이름이 늘어나는 것은 세계가 갑자기 가깝게 다가오는 일이다.

길에 아는 이름들이 서 있다.

비슷비슷한 초록이 이름으로 구분되기 시작하는 순간, 모두 다른 잎을 가지고 있다는 걸 알게 된다.

가지가 뻗어가는 방식, 잎이 돋아나는 모양, 잎맥의 생김새, 꽃들의 움직임.

작은 잎들이 피고 지는 것을 눈여겨보게 되면 세상은 갑자기 다정해진다.

나무들이 바람에 흔들리는 것에 마음을 빼앗긴다.

얇고 여린 잎들이 짙은 초록으로 두꺼워져가는 것을 지켜보는 일에 봄과 초여름을 온통 쏟게 된다.

누군가 가까이에 있다는 사실을 거리를 지날 때마다 느낀다.

곁이 생긴 기분.

다정한 세계는 위태로운 세계다.

운은 자주 멈춰서 생각했다.

길을 가다가 마른 식물들을 보면 그냥 지나치지 못했다. 가던 길을 거꾸로 뛰어가 편의점을 찾고, 1.5L 생수 몇 병을 끙끙거리며 사 들고 돌아와 물을 주고, 뒤늦게 가던 길을 깨닫는 일이 많아서 약속 시간에 늦는 일이 잦았다. 하나만 생각하지 말라고 했지. 운은 이영에게 자주 타박을 들었다.

하나만 생각하지 말라니까.

운은 이영의 목소리로 생각해보았다.

강릉까지 족히 네 시간은 걸릴 것이다. 어둡기 전에 돌아올 수 있을까. 운은 밤의 고속도로가 무서웠다.

아무래도 익숙해지지가 않아.

어둠 속을 미친 듯이 달리는 차들 사이에서, 눈치껏 속도를 맞춰 쉬지 않고 달려야 하는 게. 심장이 두근거리고 식은땀이 나. 손에 땀이 차서 핸들이 미끄러질 것만 같아. 힘을 너무 주고 있어서 팔이 저려. 정말 곧 죽을 것만 같아.

운은 장거리 운전을 앞두고 있을 때마다 이영에게 전화를 걸어 말했다.

아무래도 익숙해지지가 않아.

운은 이영에게 불안을 털어놓고 싶었다.

차는 몇 달째 제자리에 서 있었다. 운은 자신이 계속 운전을 피하고 있다는 것을 알았다. 차를 향해 천천히 걸어가는 동안 빌라 앞 좁은 화단을 살폈다.

화단에는 눈이 소복이 쌓여 있었다.

수선화는 다음 해 봄에 다시 올라올 것이다.

운은 수선화의 구근이 땅속 깊이 뿌리 내리고 있을 것을 상상했다.

1층 할머니는 해마다 봄이면 좁은 화단에 상추며 고추, 가지, 방울토마토 같은 것을 심었다. 운이 이사 온 첫해에, 할머니에게 수선화 화분을 선물했는데, 다음 날 출근길에 보니, 화단 끝, 고추 모종 옆자리에 수선화가 심겨 있었다. 상추, 고추, 가지 옆에 노란 꽃이 솟아 있는 모습이 환했는데. 수선화는 죽은 듯이 사라졌다가도 봄만 되면 꽃을 피워 올렸다. 할머니, 구근을 파서 응달에 두었다가, 다시 심어주면 되는데요. 운은 수선화의 구근을 땅에서 파내 따로 보관하자고 말했지만, 할머니는 그대로 두어도 좋다고, 봄이면 알아서 꽃을 피울 거라고 했다. 할머니의 말대로 수선화는 다음 해 봄에 꽃을 피워 올렸다. 할머니는 고추며 가지, 방울토마토를 바구니에 담아 운의 집 앞에 놓아주었다. 시장에서 파는 가지들과 달리 심하게 휘어지고 못생긴 가지가 얼마나 귀여운지 운은 가지를 좋아하지 않았는데도, 바구니에 가지가 담겨 있으면 반가웠다.

화단을 보면. 할머니한테 가고 싶었다.

할머니,

운은 외할머니나 친할머니의 얼굴을 몰랐다. 두 분다 일찍 돌아가셨다고만 들었다. 그런데 자꾸 어디로 가고 싶은 것인지.

운전 조심해.

1층 할머니가 창문을 열고, 운에게 말했다.

길 미끄러.

네, 할머니. 추워요, 문 닫으세요.

운은 할머니의 배웅을 받으며 차에 올라탔다. 시동을 걸었다. 창문을 내리고, 할머니에게 손을 흔들었다.

할머니가 운이 주차장을 빠져나갈 때까지 창문을 닫지 않고 지켜보았다.

배웅은 질색이야.

운은 이영을 마지막으로 만났을 때, 자신이 했던 말을 떠올렸다. 운은 한 번도 이영을 배웅한 기억이 없었다.

겁쟁이. 남겨지는 걸 겁내지 마.

이영의 말이 떠올랐다. 운은 자신이 이영이 했던 많은 말들을 이렇게까지 기억하고 있는 줄 몰랐다. 어디에서나 이영이 솟아올랐다.

히터가 나오는 구멍에 이영이 꽂아둔 방향제가 꽂혀 있었다.

이영이 송풍구에 방향제를 꽂을 때 운은 물었었다.

눈 오는 소리 들은 적 있어?

어피치. 이모티콘 본 적 있지?

이영이 방향제에 코를 대고 물었다.

어제 지하철 타고 강 건넜어. 사무실에 가는 길이었는데. 강이 중간만 얼었더라고. 강 가운데 섬처럼 눈이 쌓여 있었어.

냄새가 잘 안 나는 거 같은데. 나?

이영이 고개를 돌려 운을 바라본다.

옆 사람 얼굴이 창에 비쳤어. 옆 사람도 강을 보고 있더라고.

운전을 하느라 앞을 보고 있는 운은 이영을 보지 않는다.

눈 오는 소리. 전에 그런 걸 들은 적이 있었나. 잠깐 그 사람이 내리지 않았으면 좋겠다고 생각했어.

혹시 친구 목소리는 안 들려? 지금 아마 내가 너한테 질문을 했을걸?

이영이 물었고 차가 신호에 걸렸다.

저 신호등보다 붉어. 네 목소리. 이 복숭아보다 잘 보인다고. 어피치. 알아.

그건 아까한 질문.

운이 방향제에 코를 가까이 대고 이영을 본다.

근데 어피치는 좀.

그만. 말하지 마. 넌 좀 유치할 필요가 있어.

내가 유치하다고 말했어? 속으로만 생각한 줄 알았는데?

다 들려. 출발이나 해.

운은 장난을 치거나, 농담을 한 것이 운전을 하지 않은 만큼 오래되었다고 생각했다. 서로 하고 싶은 말만 하거나, 한참 뒤에 엉뚱한 대답을 한 것이. 어쩌면 그보다 더 오래된 것도 같았다. 눈 내리는 소리 말이야. 다음에 눈 오는 날 같이 들어보자. 이영이 그날 집에 돌아가서 메시지를 보냈었다. 그 뒤로 눈이 오지 않았던가. 날이 풀려서 비가 내릴 때마다 이영이 아쉬워했던 기억이 났다. 눈 오는 소리를 들은 기억은 남아 있지 않았다.

눈 내리는 소리. 그 사람을 한 번 더 마주치면 바로 알 수 있겠지.

눈이 오면 왜 세상이 고요해진 느낌이 들까. 냄새는 이제 진짜 안 난다.

골목을 가로질러 낮게 새가 날아갔다.

길이 얼어 있어서, 운은 속도를 최대한 낮추고 골목을 빠져나왔다. 큰길로 나오니 제설 작업이 잘되어 있어서, 눈은 보이지 않았다.

거치대에 꽂아둔 전화가 울렸다.

엄마.

운은 전화가 울리는 것을 무시하고 달렸다. 전화가 끊겼다. 전화가 다시 울리기 시작했다. 모르는 번호였다.

김운입니다.

운은 전화를 받았다.

오고 계신가요?

목소리를 듣자, 기억이 났다.

네, 지금 출발했습니다.

잘 부탁드립니다.

네, 그런데 그 말씀 하시려고 전화하신 건가요?

운이 물었다.

엄마의 전화가 콜키퍼로 들어왔다.

운전 조심하십시오.

전화가 끊겼다.

운은 순간, 유턴을 하고 싶은 충동을 느꼈다.

창문을 내렸다.

액셀을 세게 밟았다.

잡음

집은 언덕 위에 있었다.

여기에도 어제 눈이 왔구나.

운은 언덕을 오르며 생각했다.

차고에 차를 넣고, 대문 비밀번호를 눌렀다. 올라온 길에 두 줄의 바퀴 자국이 선명했다. 근처에 가로등은 보이지 않았다.

밤이 되면 얼마나 캄캄할까.

운은 서둘러 일을 마쳐야겠다고 생각했다.

대문을 통과해 돌계단을 열 개쯤 올라, 마당에 섰을 때, 운은 입을 막았다. 바다. 한눈에 바다가 들어왔다. 차고는 집의 뒤편에 있었고, 바다는 집을 정면으로 마주하고 있었다. 바다와 거리가 있었지만, 대지가 높은 곳이어서, 시야를 가리는 건물이 없었다. 파도가 치는 모습이 선명하게 보였다. 찬 바람에 얼굴이 따가웠다. 운은 한참 동안 바다를 보고 서 있었다. 바다를 보는 것이 얼마 만인가. 운은 숨을 깊이 들이마셨다. 차가운 바닷바람 냄새가 났다. 멀리 배들이 떠 있는 것이 보였다. 바람이 많이 불어 파도가 높은 날이었다. 숨죽이고 있으면 파도 소리가 들릴 것 같아서 운은 가만히 귀를 기울였다. 파도 소리는 들리지 않았다. 주변이 지나치게 고요했다. 다른 집들과 조금 떨어져 있긴 했지만, 비슷한 구조의 단독 주택이 모여 있는 작은 마을이었는데, 아무 소리도 들리지 않았다. 운은 여전히 계단 끝에 서서 사방을 둘러보았다. 바다에 놀라, 뒤늦게 마주한 마당은 바깥에서 보는 것보다 제법 넓었다. 바닥에 눈이 쌓여 있어서, 운은 바닥을 유심히 보았다. 마당의 오른쪽 귀퉁이 해가 잘 드는 곳에 눈이 녹은 부분이 보였다. 누런 잔디가 드러나 있었다. 그 잔디 위로 나무가 한 그루 솟아 있었는데, 잎이 다 진 나무라 멀리서 봐서는 무슨 나무인지 확신할 수 없었다. 운보다 키가 조금 더 큰 나무였는데, 오래된 나무 같지는 않았다. 심은 지 5년쯤 되었을까. 운은 생각했다. 감나무인가. 아무도 밟지 않은 눈을 밟고, 마당을 가로질러, 나무의 앞까지 걸어갔다. 맞구나. 운은 눈의 모양, 나무 기둥의 무늬, 가지의 생김새 같은 것들을 보았다. 나무의 몸통에 손을 대보았다. 이 넓은 마당에 혼자 있었구나. 이제 친구들을 만들어줄게. 운은 습관대로 말했고, 자신의 입에서 나온 친구라는 단어에 멈칫했다.

친구라며 그런 앤 줄 몰랐어?

엄마가 운에게 그렇게 물었었다.

너랑 제일 친한 친구 아니야?

언니가 그렇게 물었었다.

그런 사람 아니야.

운이 참다못해 말했을 때 둘은 똑같이 말했다.

그런 사람인지 아닌지 네가 어떻게 알아.

사람 속 모르는 거다. 사람 속 몰라.

운은 번갈아 전화를 걸어오는 두 사람을 참기 힘들었다.

왜 신났어? 대체 왜 신이 난 거야?

운은 묻고 싶었지만.

속이 얼마나 빤히 보이는지 몰라서 그러는 거야?

비난하고 싶었지만, 이를 악물었다.

새로운 기사가 나올 때마다 전화가 걸려왔다.

프리다이빙 자격증 있었다며?

모든 걸 사라지게 하는 사람이라고 썼다며?

마지막에 올린 사진, 그 나무 꽃말이 슬픈 아름다움이라며?

운은 어디까지 듣고 있어야 하는 것인지 알 수 없었다.

프리다이빙 자격증이 있는 게 무슨 상관인데? 모든 걸 사라지게 하는 사람 앞에 모든 걸 포기하고 싶게 만드는 사람이라는 말이 있어. 꽃말? 그런 건 알지도 못했을걸. 모든 말에 항변하고 싶었다.

그런 사람 아니라며?

언니가 비아냥거렸다. 운은 대답할 가치를 못 느꼈지만 참을 수 없어서 계속 항변했다. 이영은 그런 사람이 아니야. 그건 이영이 아니야. 운은 소리를 질렀다. 전화를 붙들고 울었다. 화가 나서 울음을 참을 수 없었다. 무슨 일이 있으면 눈물부터 흘리는 사람들을 이해할 수 없다고 생각해왔는데, 참을 수 없이 화가 날 때마다 눈물이 쏟아졌다.

그건 이영이 아니야.

운은 매일 수백 번, 수천 번도 더 말하고 싶었다. 말할 수 있었다.

자신이 고작 그런 말로 이영을 대변하고 있다는 것이 끔찍했다. 하지만 운은 몇 번이고 말했다. 그건 이영이 아니다. 이영은 그런 사람이 아니다.

그렇지만. 운은 알고 있었다.

모든 사람의 말이 들리는 것은 아니다.

모든 자동차가 빠른 속도로 달려간다.

모든 자동차가 어둠을 뚫고 달려간다.

앞이 잘 보이지 않기 때문에 앞만 보고 달려간다.

달리는 자동차에서는 새소리가 들리지 않는다.

전파를 탄 말만이 한 시간에 수억 킬로미터를 날아간다.

달리는 자동차의 지붕을 뚫고, 창문을 열고, 운전자의 귓바퀴로 들어간다.

신호가 된다.

운은 가지마다 눈이 쌓인 감나무 옆에 서서 끝없이 파도가 치는 바다를 바라보았다.

밤의 고속도로를 떠올렸다.

집에 돌아가면 진아가 썼던 기사들을 읽어봐야겠다
고 생각했다.

할머니,

어디에도 도착하지 못한 말은 잡음이 된다.

운은 눈을 감았다, 떴다.

멸종이라는 말

한국의 멸종위기 1급 야생생물은 60종이다. 감돌고기, 검독수리, 광릉요강꽃, 귀이빨대칭이, 금자란, 꼬치동자개, 나도풍란, 나팔고둥, 남방동사리, 남방방게, 넓적부리도요, 노랑부리백로, 늑대, 대륙사슴, 두드럭조개, 두루미, 만년콩, 매, 먹황새, 모래주사, 미호종개, 반달가슴곰, 붉은박쥐, 붉은점모시나비, 비단벌레, 비바리뱀, 비자란, 사향노루, 산굴뚝나비, 산양, 상제나비, 수달, 수염풍뎅이, 수원청개구리, 스라소니, 암매, 얼룩새코미꾸리, 여우, 여울마자, 임실납자루, 작은관코박쥐, 장수하늘소, 저어새, 좀수수치, 죽백란, 참수리, 청다리도요사촌, 크낙새, 털복주머니란, 퉁사리, 표범, 풍란, 한라솜다리, 한란, 호랑이, 호사비오리, 혹고니, 황새, 흰꼬리수리, 흰수마자로 육상식물, 조류, 어류, 포유류, 파충류, 곤충류, 양서류, 무척추동물 등이다. 아직은 모두 있다.

현우는 문 앞에 서서 망설였다. 여기까지 오긴 왔으나, 망설여졌다. 마태오로부터 전화가 온 것은 한 달 전쯤이었다.

집을 어떻게 해야 좋을지, 짐은 어떻게 하는 게 좋을지. 제가 계속 제 생각만 하고 있었습니다.

현우가 본가로 들어간 지 얼마 안 됐을 때였다.

현우는 마태오에게 여러 차례 전화를 받았지만, 낮에 온 전화는 처음이었고, 마태오가 어떤 말을 한 것도 처음이었다.

마태오입니다. 이영의 핸드폰에서 전화번호를 찾았어요. 통화 가능할 때 전화주세요.

마태오에게 처음 문자를 받았을 때, 현우는 달리고 있었다. 새벽 5시였다.

마태오의 상태가 좋지 않다는 것을 문자가 도착한 시각이 알려주고 있었다. 현우는 집으로 돌아가, 씻고, 아침을 먹고, 자신의 방으로 들어가면서, 이영의 방에 걸린 작은 칠판을 한 번 보고, 방에 들어가, 책상 의자에 앉았다. 평소라면 바로 출근할 옷으로 갈아입고 나갔을 텐데, 현우는 책상 의자에 앉아서 벽을 바라보았다. 흰 벽지에는 아무 무늬도 없었다. 책상 위에 어젯밤에 보다만 전시 도록이 있었다. 『호모 사피엔스』. 그 안에 담겨 있는 크기가 다른 해골들이 떠올랐다. 현우는 같은 전시 도록을 몇 번이나 반복해서 봤다. 거기엔 모두 다른, 그렇지만 거의 같은 해골들이 있었다. 사람의 얼굴. 눈이 있던 자리에 커다란 구멍만 남은. 현우는 해골들 아래

쓰인 설명들을 차례로 읽었다.

"**사헬란트로푸스 차덴시스** — 최초의 직립보행 고인류로 두뇌 용량은 침팬지와 유사함. 700~600만 년 전. **아르디피테쿠스 라미두스** — 키 120cm, 몸무게 54kg으로 나무 타기와 직립보행이 모두 가능함. 440만 년 전. **오스트랄로피테쿠스 아파렌시스** — 인류의 진화 과정에서 직립보행이 두뇌 발달 및 도구 제작보다 먼저 나타난 특징임을 보여줌. 키는 1.1m, 몸무게는 29kg. 뼈의 골절 형태를 볼 때, 높은 곳에서 떨어져서 추락사한 것으로 추정됨. 320만 년 전. **오스트랄로피테쿠스 아프리카누스** — 태어난 지 3년 반 만에 독수리에게 잡아먹혔다고 추정됨. 안구 안쪽에 독수리가 눈을 찍은 흔적이 확인됨. 230만 년 전. **호모 네안데르탈렌시스** — 약 40~45세였으며 두개골과 눈에 골절이 치유된 흔적이 있고, 위팔뼈와 허리뼈 및 등뼈의 심각한 외상성 부상에서도 살아남았음. 죽기 전에 동료 네안데르탈인의 도움을 받았다고 추정됨. 7.3~4만 년 전." 현우는 뼈로 추정하는 고인류의 사인을 읽었다. 700만 년 전. 320만 년 전. 230만 년 전. 감각할 수 없는 시간. 누가 맨 처음 매머드 갈비뼈에 구멍을 내고 거기 숨을 불어넣을 생각을 했을까. 매머드 뼈에 뚫린 구멍을 통과한 첫 숨은 어떤 음이 되었을까. 현우는 반복해서 자신이 그들의 일부라고 생각해보았다. 지금으로부터 230만 년 후의 인류가 자신의 해골을 들여다보는 상상을 해보았다. 전시된 자신의 해골과, 자신의 사인을 추정하는 사람들의 얼굴을. 아무것도 나아지지 않았다. 움푹한 구멍. 도록 위에 선명하게 프린트된 사람의 얼굴. 현우는 눈을 감았다. 눈이 가득 들어차 있는 구멍을 생각했다. 삶은. 현우는 눈을 뜨고, 아무 무늬가 없는 벽을 조금 더 바라보았다. 핸드폰을 열어 키패드에 번호를 하나씩 입력했다.

여보세요, 마태오가 받았다.

안녕하세요, 주현우입니다.

마태오입니다.

제가 먼저 연락드렸어야 했는데, 미안합니다. 경황이 없었네요.

현우는 마태오가 경황이라는 단어를 알아들었을지, 좀 더 세심하게 배려해서 말하지 못한 것을 후회했다. 마태오가 보냈을 시간을 생각했다. 현우는 사회생활을 하는 데 지장이 없을 만큼 노력했지만 여전히 사람들의 마음을 세심하게 살피지는 못했다. 감정의 진폭과 스펙트럼이 자신보다 훨씬 크고 다양한 사람들의 마음을 헤아리는 일이 현우에게는 쉽지 않았다.

마태오는 내내 아무 말이 없었다.

전화는 일주일에 한두 번 왔고, 한 달 가까이 이어졌다. 새벽 시간에, 현우가 뛰고 있을 때 전화는 울렸다. 아직 동이 트기 전, 가장 캄캄한 새벽에 전화는 울렸다.

현우는 뛰다가 전화가 울리면 멈춰 섰고, 숨을 고르고, 전화를 받았다. 가장 가까운 벤치를 찾아 앉았다. 마태오는 말이 없었다. 전화기 너머로 마태오의 숨소리가 간간이 들렸다. 마태오는 전화를 걸어, 마태오입니다, 하고는 끊을 때까지 말이 없었다. 현우가 말 없는 전화에 익숙해질 때쯤 마태오는 새벽에 전화하는 것을 멈췄다. 그리고 지난 달, 마태오는 낮에 전화를 걸어 처음으로 말했다.

집을 어떻게 해야 좋을지, 짐은 어떻게 하는 게 좋을지. 제가 계속 제 생각만 하고 있었습니다.

현우는 전세 계약이 이영의 명의로 되어 있다는 것을 알았다. 이영과 마태오는 절반씩 전세금을 부담하고 집을 얻었다고 했다. 부모님은 이영이 살던 집에 가보고 싶어 했지만, 현우는 말렸다. 부모님은 이영이 친구와 함께 산다고 알고 있었지만, 그 친구가 마태오인 것은 몰랐다. 무엇보다 이영이 사용하던 물건들을 보면, 이영이 입던 옷, 이영의 베개, 이영의 수저 같은 것들을 보면 엄마가 얼마나 버틸 수 있을지 현우는 알 수 없었다. 서로 말하지 않았지만. 가족 중 누구도 이영의 삶을 정리할 마음 같은 건 없었다. 엄마는 여러 차례 쓰러졌고, 아버지는 집에 있던 컴퓨터와 TV를 내다 버렸다. 엄마는 핸드폰을 늘 손에 쥐고 있었고, 어쩌다 전화가 울리면 깜짝 놀라곤 했지만 인터넷은 거의 사용하지 않는 것 같았다.

급할 거 없어요. 재계약을 한 지 얼마 안 된 것으로 알고 있습니다. 원하시면 더 계셔도.

현우는 말을 하다가 멈췄다. 마태오가 자신의 집으로, 떠나온 곳으로 돌아가고 싶을 수도 있을 거라는 데에 뒤늦게 생각이 미쳤다.

혹시 돌아가기를 원하시면. 정리를 하러 가겠습니다.

현우는 어느 쪽이 마태오가 원하는 것인지 알 수 없어

서 조심스러웠다.

아직 동생에 대해 어떤 이야기도 나누어본 적이 없었다. 마태오와 몇 번이나 통화를 했음에도 불구하고, 현우에게 마태오의 목소리는 낯설었다. 마태오의 목소리는 생각보다 더 낮고, 울림이 있는 음성이었다.

돌아가다?

마태오가 되물었다.

이영이 때문에 서울에 오신 걸로 알고 있어요. 혹시 워싱턴으로 돌아가실 거라면. 집 정리를 도우러 가겠습니다.

마태오는 답이 없었다.

마태오, 고향이 어디예요?

현우가 물었다.

마태오는 답이 없었다.

Home, 태어나서 자란 곳이요.

현우는 마태오가 고향이라는 단어를 모른다고 생각했다.

시간 괜찮으실 때 한번 오세요. 저는 매일 집에 있습니다.

마태오는 고향에 대한 답은 하지 않고, 한번 오라고만 한 뒤 전화를 끊었다.

새벽에 반포지구에서 되돌아 뛰어오기 위해 멈췄을 때, 현우는 다른 날보다 유독 사람들이 많은 것을 눈치챘다. 자전거 동호회로 보이는 사람들이 줄지어 지나갔다. 그들의 입에서 입김이 쏟아져 나왔다. 핸드폰을 꺼내 날짜를 확인했다. 공휴일. 현우는 무심히 날짜를 보다가, 자신이 한 달이나 망설였다는 사실을 깨달았다. 마태오로부터 전화를 받은 날짜와 같은 날짜였다. 더는 미룰 수 없다고 생각했다. 한 달 동안 마태오는 한 번도 연락하지 않았다. 현우는 출발하기 전, 마태오에게 지금 가도 괜찮겠냐고 문자를 보냈다. Anytime. 마태오에게 짧은 답이 왔다.

1층 공동 현관은 열려 있었다. 만약 공동 현관에서부터 벨을 눌러야 했다면 현우는 여기, 7층까지도 올라오지 못했을 것이다. 벨 근처에 손을 올렸다, 내렸다를 반복하고 있는데 문이 열렸다.

현우?

마태오였다.

현우는 마태오의 커다란 키에 놀랐고, 넓은 어깨에 놀랐다. 이영이 마태오가 키가 작아서 좋다고 했었는데. 그들 중 키가 작다는 것이었구나. 현우는 이영에게 들었던 마태오에 대한 이야기들을 차례로 떠올렸다. 지금까지 생각해온 마태오와 전혀 다른 마태오가 눈앞에 있었다. 눈이 깊다고 했었지. 현우는 마태오의 눈을 바라보았다.

안녕하세요, 주현우입니다.

마태오는 들어오라는 손짓을 하며 웃어 보였다.

현우는 마태오와 마주 앉아 어떤 이야기들을 해야 할지 막막했다.

집은 깨끗하게 정리되어 있었다. 방과 거실로 분리되어 있는 구조였다.

방을 같이 썼어요. 저기는 침실. 여기는 작업실.

현우가 커다란 책상이 가득 채우고 있는 거실 끝에 어정쩡하게 서서 닫힌 방문을 보고 있을 때, 마태오가 말했다.

여기, 앉으세요. 차 드릴까요.

마태오가 바퀴가 달린 사무용 의자를 현우 쪽으로 밀어줬다. 기다란 책상에 의자 두 개가 나란히 놓여 있었다. 하나는 등받이가 둘로 갈라진 커다란 사무용 의자였고, 하나는 나무 의자였다.

이게 이영의 의자예요.

마태오는 방금 현우에게 밀어준 의자를 가리키며 말했다.

차 드려요?

마태오가 다시 물었다.

저는 괜찮습니다.

현우가 이미 포트에 물을 받고 있는 마태오에게 말했다.

홍차 괜찮으세요?

마태오가 포트 전원을 누르며 물었다.

괜찮습니다.

현우는 마태오가 서 있는 주방의 물건들을 보면서 대답했다. 빨간 전자레인지, 흰색 전기 포트, 노란 냉장고, 초록 앞치마. 이영이다운 선택이라고 생각했다.

물이 끓었다. 마태오가 금속 손잡이가 달린 유리 티

팟에 찻잎을 넣고, 물을 따랐다. 티팟의 물색이 금방 붉게 변했다.

현우는 계속 책상 끝에 기대 서 있었다. 티팟에 물빛이 변하는 걸 보았고, 책상 위에 놓인 두 개의 노트북을 보았고, 닫힌 침실 문 옆쪽으로 서 있는 행거를 보았다.

차를 따르는 소리가 들리고, 향이 번져왔다.

이영이 차를 좋아했어요. 냄새가 가장 오래 기억에 남는다고. 기억하고 싶은 순간마다 차를 끓였거든요. 워싱턴에 일주일 넘게 비가 그치지 않고 왔을 때, 우리가 서울로 오기로 결정한 날, 여기 처음 도착했을 때.

마태오는 말을 멈췄다.

티팟과 같은 금속 손잡이가 달린 유리잔에 차를 나눠 따랐다.

앉아요.

마태오가 계속 서 있는 현우에게 말했다.

현우는 사무용 의자에 앉았다. 마태오가 두 개의 찻잔을 책상 위에 내려놓고, 나무 의자를 현우가 앉아 있는 책상의 맞은편으로 옮겼다. 현우는 계속 마태오의 눈을 보고 있었다. 눈꺼풀에 가려 눈동자는 잘 보이지 않았다. 눈빛이 좋다고 했지.

마태오가 찻잔을 드는 것을 보고 현우도 찻잔을 들었다. 향이 유독 진한 홍차였다. 이영이 차를 좋아했던가. 현우는 이영과 차를 마신 적이 없었다.

오빠의 눈빛을 닮았다고 했어요.

마태오가 현우의 눈을 보며 말했다.

현우와 마태오의 눈은 하나도 닮지 않았다. 마태오의 눈은 크고 깊숙한 느낌을 주었다. 눈두덩이 깊이 들어가 있어서, 안 그래도 큰 눈이 더 커 보였다. 현우의 눈은 길고, 날카로운 느낌을 주었다. 안경을 벗으면 현우의 눈은 더 매서워 보였다.

오빠 중에 오빠의 눈빛이 제일 좋아.

이영이 말했었다.

오빠의 눈을 보고 있으면 먼 곳을 보고 있는 기분이 들어.

엄마가 피아노 학원만 하지 않았으면, 난 피아노는 배우지 않았을 거야. 재미없어. 그런데 오빠가 피아노 칠 때, 그 눈을 보는 게 좋았어. 피아노 옆에 서서. 악보를 보는 건지, 건반을 보는 건지. 모르겠는 그 눈을 보는 게 좋아서. 오빠가 연습이 있는 날은 매일 갔지.

현우는 이 집에 오기 망설여졌던 이유를 깨달았다.

모든 곳에서 이영의 말들이 솟아올랐다.

마태오의 눈, 그의 얼굴, 그의 손, 그의 목소리, 그들의 주방, 빨갛고 노란 색들. 옷걸이. 현우가 마태오와 마주 들고 있는 찻잔.

현우는 마태오에게서 시선을 돌려 책장을 보았다. 한쪽 벽면 가득 책이 꽂혀 있었다. 이영이 책을 좋아했던가. 현우는 이영이 책을 읽는 것을 본 기억이 없었다. 책 좀 읽어라. 현우는 엄마가 이영에게 하는 잔소리를 자주 들었다. 영어 책이 절반 이상이었고, 읽을 수 없는 언어의 제목도 몇 권 보였다. 한글 제목이 적힌 책은 몇 권

되지 않았는데 대부분 문학책이었다. 이영의 전공은 국제정치학이었고, 현우는 마태오의 전공이 역사학이라고 알고 있었다. 정치는 역사를 결정하고, 역사는 정치를 결정하지. 이영은 현우에게 애인의 전공을 그렇게 알려주었었다. 이번엔 또 얼마나 가려고. 현우의 놀림에 이영은 진지하게 대답했었다. Nope! My destiny. 운명의 상대라고. 오빠의 첫사랑은 어떻게 진행되고 있는 거야? 너의 운명. 현우는 자신의 운명을 빠르게 알아채는 것도 한 사람의 운명일까, 그런 생각을 했었다. 첫사랑 얘기는 역시 오빠를 가장 빠르게 굴복시키지. 하하. 이영이 열세 시간의 시차를 두고 웃는 소리가 열세 시간 앞의 미래로 날아와, 현우의 아침을 채웠었다.

이영이 책이 대부분이에요.

현우가 이영의 물건은 많지 않을 것 같다는 생각을 하고 있을 때, 마태오가 현우의 생각을 읽기라도 한 것처럼, 대답하듯 말했다.

저 책들이 다 이영이 것이라고요?

네, 한글로 쓰인 책은 모두 제 것이고, 나머지는 거의 이영의 것이에요.

저 책들도요?

현우는 자신이 읽을 수 없는 언어가 적힌 책등을 가리켰다.

네, 저 책들도요.

마태오는 자리에서 일어서, 방문 쪽으로 이동했다.

침실에는 침대만 있어요. 보실래요?

아뇨, 굳이.

현우는 이영이 매일 밤과 아침을 맞이했을 침대를 보고 싶지 않았다. 방문 옆으로 옷장이 있었고, 옷장 옆에 행거가 있었다. 행거에 걸린 옷은 한눈에 봐도 이영의 옷과 마태오의 옷으로 나뉘었다.

이영은 옷이 많지 않았어요.

마태오는 이영의 정장 자켓 어깨 부분을 만지고 있었다.

이것들도 다 여기 와서 산 거예요. 출근을 해야 하니까, 라고 이영이 말했었죠.

현우는 마태오가 한국말을 잘한다는 것에도 놀랐지만, 묘하게 동생과 말투가 비슷하다는 것에도 놀랐다. 이영이에게 말을 배웠을 테니, 당연한 일이겠지만. 현우는 마태오의 발음, 말투, 억양 같은 것에서 외국인이 쓰는 한국말 특유의 느낌이 아니라 자신의 동생이 말을 하고 있는 듯한 느낌을 더 강하게 받았다. 책장과 옷장, 책상과 주방 도구들, 식기류들 그게 전부였다. 집에는 흔한 장식물 하나 없었고, 전신 거울도 없었고, 액자나 수집품도 없었다. 책상 위에는 노트북 두 개만 놓여 있었다.

네, 둘 다 제 거예요.

마태오가 노트북에 시선을 두고 있는 현우에게 말했다. 현우는 마태오에게 계속 생각을 읽히고 있는 것 같아 기분이 이상했다.

그날 이영은 노트북을 들고 나갔어요.

현우는 고개를 끄덕였다.

술 마셔요?

마태오가 물었다.

가끔, 혼자 마셔요.

남매가 모두 술을 좋아하는군요.

이영이 술을 좋아했던가. 현우는 이영과 취할 때까지 술을 마신 기억이 없었다.

우리, 와인 자주 마셨어요. 여기.

현우는 그제야 냉장고 옆으로 놓인 와인 셀러를 보았다.

한잔 마셔요. 크리스마스니까.

마태오는 셀러에서 와인 한 병을 꺼내고, 찬장에서 와인 잔 두 개를 꺼냈다. 찬장 안쪽으로 모든 식기가 두 개씩 짝을 이루어 정리되어 있는 것이 보였다. 옥색 냉면기 두 개, 스텐 접시 두 개, 빨간 머그 두 개, 하얀 밥공기 두 개. 나무 샐러드볼 두 개, 샴페인 잔 두 개, 화이트 와인 잔 두 개. 이영의 취향인가. 현우는 와인 잔을 책상 위에 올려놓고 있는 마태오의 손을 보면서 생각했다.

마태오도 현우도 말이 많은 사람들이 아니어서, 대화는 계속 끊겼다.

둘은 대화를 하고 있을 때보다 아무 말도 하고 있지 않을 때 편안하다고 느꼈다. 전화를 사이에 두고, 둘은 몇 번이나 말 없는 시간을 나누었다.

둘 사이에 또 익숙한 적막이 지나갔고, 전동 와인 오프너의 소리가 울렸다.

돌아갈 계획이 있어요?

현우가 물었다. 술을 마시기 전에 묻는 편이 나을 거 같았다.

어딜요?

고향.

고향?

마태오가 웃었다.

현우는 고향이 어디예요?

저는 서울이에요. 이영이와 저는 서울에서 태어나서 자랐어요. 이영이 고등학교에 입학할 때 딱 한 번 이사를 한 것 빼고는 이사를 하지 않아서, 우리 둘 다 어린 시절은 같은 동네에서 보냈어요. 이사를 한 곳도 서울이었으니까. 이영이와 저의 고향은 서울인 셈이죠.

그랬군요. 내 고향은 르완다예요.

마태오도 이영이처럼 미국에 공부를 하러 간 거였군요.

입양됐어요.

그럼, 자란 곳은?

마태오가 현우를 빤히 봤다.

남매가 닮았네요.

네?

이영도 안 놀랐거든요. 입양됐다고 말했을 때.

그런가요.

마태오가 와인 잔을 들어 한 모금 마셨다.

저는 1989년에 태어났어요.

현우는 마태오의 얼굴을 봤다. 표정이 없었다.

제가 양부모를 만났을 때가 여섯 살이었다고 하는데. 그것도 정확한 기록이 남아 있는 건 아니었다고 해요.

현우는 와인 잔을 들었다. 와인을 한 모금 마셨다. 와인은 쓰고, 시고, 달았다.

현우가 물어서 생각을 해봤는데. 나는 맨해튼에서 자랐고 맨해튼에 훨씬 오래 살았지만, 고향은 르완다인 거 같아요.

미안합니다.

남매가 정말 똑같네요. 이영도 미안하다는 말을 잘했거든요. 자기가 미안할 일이 아닌데.

아뇨, 처음 대답하지 않았을 때, 멈췄어야 했는데. 무례했어요.

괜찮아요.

저 책은 키냐르완다어로 쓰인 책이에요. 나도 이영도 읽을 줄 몰라요.

마태오가 현우가 읽을 수 없었던 제목이 적힌 한 권의 책을 가리켰다. 현우는 자리에서 일어섰다. 키냐르완다어. 난생처음 보는 언어로 쓰인 책을 뽑아 들었다.

르완다는 차별이 없는 나라라고 해요. 무슨 차별이든 행하면 바로 처벌을 받는 나라. 쓰레기도 없고, 깨끗한 나라라고.

현우는 표지에 적힌 키냐르완다어를 들여다보았다.

Mwaramutse.

좋은 아침입니다.

이영이 알려줬어요.

똬라무체.

똬라무체?

현우가 마태오의 발음을 따라 했다.

좋은 아침.

그런 아침이 올 수 있다고 생각해요?

와인 잔에 시선을 고정하고 있던 마태오가 현우의 눈을 빤히 바라보며 물었다. 진심으로 궁금하다는 눈빛이었다. 맑고 깊은 마태오의 까만 눈동자를 견디지 못하고, 현우는 책장으로 시선을 옮겼다. 막막했다. 좋은 아침.

현우는 전혀 예상하지 못했다. 마태오와 마주 앉아 어떤 이야기를 할 수 있을까. 계속 망설이는 동안 현우는 생각했다. 말할 수 있을까. 말하지 않고 들을 수 있을까.

이영이 사라졌을 때, 알았어요. 한 사람이 사라진다는 건 세상이 사라지는 거구나.

현우는 고개를 돌려 마태오를 보았다. 마태오는 이제 책장을 바라보고 있었다.

뭐가 있을까요. 매일 조금씩 더 사라지는 것 말고.

마태오가 고개를 돌려 현우의 눈을 빤히 봐서 현우는 고개를 숙였다. 무슨 말이라도 하고 싶었는데, 아무 말도 의미가 없다는 것을 알았다.

한국어를 배우기 시작했을 때 멸종이라는 단어를 제일 먼저 찾아봤습니다. Extinction. 꺼질 멸. 멸할 멸. 씨종. 종족 종. 이영이 말의 뜻을 한 자씩 설명해주었어요.

멸종이라는 말이 가장 인간다운 말이라고 생각했습니다.

꺼뜨리고, 멸하는.

없애버리는 인간.

말의 뜻

마태오는 어느 날 여섯 살이 되었다.

마태오는 어느 날 마태오가 되었다.

너는 신이 주신 선물이야.

마태오의 엄마가 마태오 앞에 흰 무릎을 꿇고 앉아 마태오의 손을 잡고 울었다.

마태오.

마태오는 신의 선물을 의미하는 단어를 처음 알았다.

마태오는 엄마가 왜 우는지 알지 못했다.

엄마가 우는 이유는 아직 마태오 바깥에 있었다.

집은 크고 넓었다. 2층으로 올라가는 계단은 길었고, 2층에는 커다란 세 개의 방이 있었다. 그중 하나가 마태오의 방이었다. 두 개의 방문은 내내 닫혀 있었다. 마태오의 방 창문으로 내려다보면 커다란 정원과 수영장이 보였다. 수영장의 물은 하늘의 색과 같았다. 물이 반짝였다. 정원의 나무들은 둥글게 잘 깎여 있어서 나무 모형 같았다.

그만 좀 해.

마태오는 집에 도착한 지 석 달쯤 지났을 때 들었다. 그만 좀. 큰 소리에 잠에서 깼다. 방문을 열고 나와 계단 끝으로 갔다. 아직 계단을 혼자 내려간 적은 없어서 무서웠다.

당신이 원한 거잖아.

마태오는 어둑한 계단의 난간을 붙잡고 한 칸씩 내려갔다.

1층, 엄마 아빠의 방에서 불빛이 새어 나왔다.

엄마의 울음이 들렸다.

마태오는 무서웠다.

눈물이 나왔다.

아이가 오면 오히려 더 힘들 거라고 했지. 이럴 줄 알았다고.

아빠의 말은 알아듣기 힘들었다.

엄마 아빠가 있는 방을 향해 한 걸음씩 걸었다. 반쯤 열려 있는 문을 밀었다. 마태오의 작은 손은 문을 세게 밀지 못했다. 엄마 아빠는 마태오가 방문 뒤에 있는 걸 모르는 것 같았다.

그 애의 눈을 보고 있으면. 마태의 작은 손, 발. 마태가 엄마, 하고 부를 때. 마태가.

엄마가 다 말하지 못하고 흐느껴 울었다.

마태오는 엄마의 말을 이해하지 못했지만 엄마의 눈

물을 닦아주고 싶었다.

엄마,

마태오가 엄마를 불렀다. 너무 작은 소리여서 엄마도 아빠도 문 뒤에 마태오가 있는 걸 알지 못했다.

엄마의 울음이 점점 더 커졌다.

마태를 안으면.

엄마가 말했다.

그 애를 안으면.

엄마가 말했다.

아빠의 얼굴은 문에 가려 보이지 않았다. 엄마의 눈에서 눈물이 떨어졌다.

마태오는 무서워서 선 채로 오줌을 쌌다. 울음이 터졌다.

마태,

엄마가 마태에게 달려왔다. 마태오를 안았다.

지켜줄게. 엄마가. 엄마가 널 지킬 거야.

마태오는 아직 아무것도 몰랐다.

자신이 키갈리에서 태어났다는 것을 몰랐다.

자신이 누구인지 몰랐다.

엄마가 옛날이야기 해줄게.

몰리 이야기. 몰리는 엄마가 어릴 때 엄마랑 함께 살았던 개란다. 몰리는 매일 마룻바닥에 엎드려 있었어. 한번도 뛰는 건 보지 못했지. 할머니였거든. 엎드려 있던 몰리가 엄마가 학교에 갔다 돌아오면 현관 앞에서 기다리고 있다가 방까지 따라왔어. 그러면 나는 허리를 숙이

고 몰리에게 물었지. 몰리의 노란 털에서 고소한 냄새가
나. 잘 있었어 몰리? 커다란 몰리가 고개를 들어 내 눈을
봐. 잘 다녀왔니? 묻는 것처럼. 몰리의 눈은 동그랗고 새
까만 행성 같아. 반짝거리지. 눈물이 맺혀 있을 때도 있
어. 눈곱이 끼어 있을 때도. 화가 가득할 때도 있고. 지쳐
서 힘이 하나도 없을 때도. 신이 날 때도. 매일 봤어. 몰리
의 눈을. 울고 싶을 때마다 그 눈이 생각났지. 반짝반짝
빛나던 까만 눈. 몰리. 잘 있었어? 몰리가 물어.

이야기가 벽처럼 있다.

엄마가 벽을 쌓아 올린다. 마태오가 그 벽에 기대어
앉는다. 엄마는 마태오를 안고 있지만. 마태오는 엄마
를 안고 있다.

그래, 착하지. 아가.

엄마가 마태오의 이마를 손바닥으로 천천히 쓸어내
렸다. 마태오의 볼에 엄마의 손바닥이 닿았다. 손이 따
뜻했다.

몰리는 지금 어디 있어?

마태오가 물었다.

엄마가 마태오를 꽉 끌어안았다.

마태오는 숨이 막혔지만 참았다.

몰리.

엄마의 가슴에 파묻혀 매일 같은 꿈을 꿨다.

죽은 개.

꿈속은 까맣고 슬펐다.

까만 행성.

마태오는 꿈속이 슬픈 이유가 엄마가 슬프기 때문이라고 생각했다.

몰리. 죽은 개.

말의 뜻을 알게 되었을 때, 마태오는 꿈의 의미를 알았다.

죽었다.

죽는다.

죽인다.

아무것도 이해할 수 없었다.

돌아간다.

돌아온다.

물질은 이동하고 현존한다.

계절은 순환하고 역사는 반복된다.

생애 첫 역사 시간에 역사 선생이 하는 말을 들으면서 마태오는 매일 꾸는 꿈을 떠올렸다.

불 속의 눈동자. 꿈의 역사.

잊은 것을 잊는.

몰리.

재의 반복을 이해할 수 없다.

몰리.

사람이 지금도 태어나고 있다.

몰리.

사람이 지금도 죽고 있다.

몰리.

나는 무엇을 반복하기 위해 살아 있나.

무엇이 나를 반복하게 하는가.

몰리.

나는 나를 죽일 수 있나.

마태오는 알 수 없었다.

두려웠다.

마태오는 본 적 없는 몰리의 눈을 생각했다. 손등을 물었다.

죽은 개.

마태오는 말의 뜻에 집착하는 아이가 되었다.

말의 뜻을 집요하게 파고드는 아이가 되었다.

감춰진 말에 코를 박고, 앞발로 흙을 파헤치는 아이가 되었다.

사람이라는 말.

평화라는 말.

신의 선물.

사람들은 스스로를 지킬 수 있다고 믿는다.

자기 자신을 지키고, 자기 아이를 지키고, 사랑하는 사람들을 지킬 수 있다고 믿는다.

스스로를 지킬 수 없는 사람을 만들지 않는 것.

그것이 평화다.

당신은 지금 어디 있는가.

마태오는 코가 숨 쉬기를 쉬지 않는 것처럼 질문을 쉬지 않는 아이가 되었다.

멀리서 들려오는 아이들의 소리.

이영은 같은 시간 수억 킬로미터 떨어진 열세 시간 앞

의 미래에 있었다.

시소에 앉아 있는 이영의 두 다리가 흔들렸다.

멀리서 개가 짖었다.

아이들의 삶과 무관하게.

이영이 두 팔을 위아래로 흔들었다.

엎드려 있던 몰리가 눈을 떴다.

아이들이 노는 소리를 들으면.

잘 있어?

기척으로 도착하는 말들.

놀이터 주위에 사는 사람들은 평화롭다고 느꼈다.

몰리.

죽은 개.

이영은 아직 많은 말의 뜻을 알지 못했다.

뜻은 잃은 뒤에 도착한다.

아무들

당신을 지배하는 것은 사랑,
이라고 당신은 착각한다.
당신은 착각 속에서
기꺼이 사로잡힌다.
눈동자가 움직인다.
당신은 눈동자들이 움직이는 것을 느낀다.
당신은 지나간다.
조금 뒤에, 한 발 떨어진 곳에서, 당신의 옆으로, 세 사
람이 지나간다.
네 개의 눈동자는 아는 눈동자다.
두 개의 눈동자.
움직임 없는 단 두 개의 벼락같은 눈동자가 당신을 멈춰
세운다.
당신은 날개를 비벼 소리를 내거나,

옷을 벗거나,
노래를 부른다.
당신은 눈동자의 주문을 듣는다.
하늘이 물드는 저녁에,
손을 잡고 아장아장 걸어가는 아기들,
바위틈에서 솟아오르는 풀잎,
지붕 위에 떨어지는 눈송이들,
끝없이 펼쳐진 사막,
당신은 이름을 모은다.
나는 신의 이름
당신은 텅 빈 이름 앞에 무릎을 꿇고
당신의 평생을
당신의 두 눈을
당신의 어제와 오늘을
잊는다.
나비가 꽃잎 끝에 앉고
한 세기가 지나간다.
당신은 끝까지 나를 알지 못한다.
당신을 지배하는 것은 당신이라고
당신은 착각한다.
당신은 당신을 믿는다.

　운은 전날 밤에 꿈을 꿨다. 침대에 누워 자고 있었다.
꿈속의 방은 운의 방과 같은 방이었다. 흰 바탕에 커다란
나뭇잎이 그려진 아사 이불을 덮고 운은 자고 있었다. 방

문 밖에서 무엇인가 우는 소리가 들렸다. 운은 문을 열고 나갔다.

거실에는 거북이와 소파뿐이었다. 거북이는 자고 있는 것 같았다. 밤이었다.

고양이가 사라졌어.

갑자기 이영의 목소리가 들려서 운은 사방을 돌아보았다. 이영은 욕실에서 나왔다. 이영의 손에서 물방울이 떨어졌다. 꿈이었기 때문에 물방울은 천천히 떨어졌다. 물방울이 떨어지는 순간만 저배속 카메라의 화면으로 돌려놓은 것처럼 물방울이 아주 느리게 떨어졌다.

고양이가?

운은 꿈속에서 생각했다. 이영이 고양이를 키우고 있었나?

너 고양이를 키웠어?

운은 이영의 손에서 또 하나의 물방울이 바닥으로 떨어지는 것을 보았다.

무슨 소리야. 네 고양이잖아.

이영이 황당하다는 듯 운을 바라봤다.

내가 고양이랑 같이 살았다고?

운은 묻지 않았다. 꿈이었기 때문이었을까. 고양이를 찾기 시작했다.

나비야, 나비야.

이영이 부르기에,

나비야, 나비야.

따라 불렀다.

나비야, 어디 숨었니. 혹시 나비가 나가는 것을 봤어?

이영이 물었다. 원망이 담긴 눈빛이었다.

나는 내 고양이를 한 번도 본 적이 없는데.

운은 말하고 싶었지만.

문은 계속 닫혀 있었는데, 이상하다.

이영은 거실과 베란다 사이 문을 열고 베란다로 나가더니, 창을 열고, 바깥을 내려다보았다.

나비야, 나비야.

이영은 나비가 듣고 돌아오기라도 할 것처럼, 나비를 불렀다.

집에 있는 것 같아.

베란다 문을 닫고 돌아온 이영이 확신에 차서 말했다.

방에 있는 거 아니야?

이영이 물었다. 운은 방으로 들어왔다.

고양이가 죽었나.

그런 생각이 들었다. 갑자기 그런 생각이 들자, 죽은 고양이가 있을 만한 곳은 침대 밑밖에 없다는 확신이 들었다.

침대 밑에 죽은 고양이가 있다. 운은 생각했다.

방에도 없어?

방 밖에서 이영의 목소리가 들렸다. 운은 침대 앞에 서 있었다. 앉으면, 허리를 숙이면, 고개를 침대 밑으로 넣으면 고양이가 보일까 봐 침대 앞에 서 있었다.

찾았어?

이영의 목소리가 들렸다.

죽은 고양이가 침대 밑에 있어.

운은 말하고 싶었는데, 고개를 숙일 용기가 나지 않았다.

그냥 둘 수는 없는데. 흰 털 고양이였나. 검은 털 고양이였나. 운은 고양이가 눈을 꼭 감고 몸을 둥글게 말아, 얼굴을 몸으로 감싼 듯 엎드려 있는 모습을 상상했다.

내 고양이.

운은 방문을 열고 나갈 수도 없고, 침대 밑을 볼 수도 없어서 가만히 서 있었다.

이영아,

운은 선 채로 불렀다.

왜? 없어?

이영의 목소리가 들렸다.

왜 이영은 방으로 들어오지 않는 걸까. 평소라면 벌써 방문을 열고 들어와, 무릎을 꿇고 앉아 고개를 숙였을 텐데. 나비야, 불렀을 텐데.

이영아,

운은 이영을 불렀다.

왜 자꾸 불러. 나비는?

이영의 목소리가 들렸다.

운은 정말 침대 아래, 죽은 고양이가 있을까 봐 잠에서 깼다. 그날 아침, 운은 무엇도 되고 싶지 않았다.

아침마다 다른 마음으로 일기를 써.

그 마음으로 하루를 살아.

이영에게 처음 말했을 때,

아침마다?

이영은 물었었다.

응. 아침마다.

왜 일기를 아침에 써? 일기는 하루를 반성하면서 밤에 쓰는 거라고. 그림일기 쓸 때부터 배우잖아.

이영이 재미있다는 듯 물었다. 둘은 교문을 빠져나가는 중이었다.

난 밤에 써. 매일, 먼 미래의 나에게 편지를 쓰지.

이영이 운의 어깨에 팔을 두르며 말했다.

미래의 너에게?

응, 멀고 먼 미래의 나에게.

얼마나 먼?

운이 이영과 걷는 속도를 맞추며 물었다.

시간으로 헤아릴 수 없을 만큼 먼.

이영은 갑자기 고개를 들어 하늘을 보면서 말했다.

그런 미래는 어디 있는데?

운이 물었다.

모르지. 난 그냥. 과거도 미래도 아니고, 아이도 노인도 아닌 나에게 편지를 써.

그런 너는 어디에 있는데?

운은 다시 묻고 싶었지만 묻지 않았다.

이영은 운이 그 뒤로도, 학교를 졸업하고도, 아르바이트를 하느라 대학 입학을 2년씩 미루면서도, 대학에 입학하고도, 등록금을 버느라 잦은 휴학을 하면서도, 굳이 학비가 비싼 런던으로 유학을 가느라 밤낮없이 고생을

143

하면서도, 그리니치에서도, 서울에 돌아와 직장을 찾지 못해 아르바이트를 다시 전전하면서도, 작은 화단 디자인이라도 맡게 되면 모든 화훼 시장과 나무 시장을 뒤지고 다니면서도, 선배의 건축 사무소에 취직을 하고, 조경 담당자가 되어서 안정적으로 일을 할 수 있게 되어서도, 마사토와 부엽토와 펄라이트의 차이를 지나치게 꼼꼼한 집주인에게 설명하면서도, 벌레에 먹혀서 죽어버린 나무들을 살리지 못해 안타까워하면서도, 시도 때도 없이 식물들이 모두 죽어버렸다고 항의 전화를 받으면서도. 무엇인가 되려 했다는 사실을 알지 못했다.

운은 매일 아침 다른 마음이었고,

지금까지 계속 운이었다.

아무것도 달라지지 않았다.

내 고양이.

침대 밑에 내 고양이가 있어.

운은 잠에서 깨어, 자신의 침대는 사실 아래쪽이 막혀 있어, 먼지 한 톨 들어가기 어렵다는 사실을 깨달았다. 안도했다.

그날은 아무것도 되고 싶지 않았다.

아무것도 되고 싶지 않았기 때문에.

텅 빈 것이 되기로 했다.

하나의 관념.

칼로스.

그것은 무엇에 고정되지 않은 채 계속해서 웅성거렸다.

사랑을 끌어들였다.

에로스.

당신은 당신을 믿는다.

마지막 문장을 썼을 때, 전화가 울렸다. 아직 8시가 못 된 시간이었다. 발신자를 확인했다.

임진아.

운은 그날 아침 진아에게 고등학교 졸업 이후 첫 전화를 받았다.

진아가 쓴 기사를 포털 메인에서 우연히 마주치는 일은 있었지만, 찾아 읽지는 않았었다.

당신은 당신을 믿는다.

운은 문장 끝에 눈을 두고, 진아가 하는 말을 들었다. 한글 창을 닫았다. 포털을 열어 기사를 확인했다.

눈구름

그는 오후 4시 37분에 나타났다.

운은 2층 테라스에 서서 바다를 보고 있었다. 얼굴이 얼얼했다. 귀가 시렸다. 햇빛을 받아 빛을 반사하는 물결들의 움직임을 가만히 보고 있었다. 파도는 쉼 없이 쳤지만, 먼 바다는 잔잔했다. 해가 있는데도 다시, 눈이 흩날리기 시작했다. 테라스에서 내려다보게 될 정원 전체를 조망하기 위해 테라스에 올라왔지만, 시선은 자꾸 바다를 향했다. 얼마나 서 있었을까. 쉬지 않고 부는 바람 소리에 귀가 먹먹했다. 헝클어진 머리카락이 자꾸 운의 눈앞을 가렸다. 머리를 자를 때가 지났는데, 미용실에 가기 싫어서 계속 미루고 있었다. 운은 사람들과 말을 나눠야 하는 상황 자체를 최대한 피하고 있었다. 바다를 향해 놓인 의자에 앉았다. 테라스에는 라탄 의자 두 개가 테이블을 사이에 두고 놓여 있었다. 가방에서 태블릿을 꺼내 정원 크기의 틀을 그렸다. 틀 안에 정원의 입구, 식물을 심을 위치 같은 전체 골격을 그려 넣었다. 감나무를 그리고, 감나무의 수관폭을 표시했다. 주변에 다른 시설물은 보이지 않았다. 감나무 옆으로 구상나무와 작살나무, 물푸레나무, 들메나무를 심고, 수국과 계수나무, 관중고사리와 맥문동, 낙상홍과 구절초, 우단동자를 심는다면. 운은 나무들의 잎이 무성해진 모습을 상상했다. 흰색, 보라색 수국이 피고, 비가 촉촉이 내려 모두 다르게 생긴 잎마다 물방울이 맺히는 모습을 그려보았다. 이제 평면도를 대충 마무리하고, 나무들의 높이와 부피를 가늠해 전체 스케치를 할 생각이었다. 고개를 들어 정원을 다시한번 내려다보려는데, 집 안쪽에서 인기척이 느껴졌다. 운은 벌떡 일어섰고 거의 소리를 지를 뻔했다.

테라스에 나오면서 닫아둔 유리문 안쪽에, 한 사람이 서 있었다.

주인은 일주일 동안 집을 비울 거라고 했는데.

운은 주먹을 쥐었고 자신도 모르게 뒤로 한 발 물러섰다. 의자에 부딪쳤다. 운은 의자의 등받이 윗부분을 힘주어 잡았다. 가만히 운을 보고 있던 사람이 고개를 숙여 인사하더니, 문을 열었다.

놀라셨군요. 죄송합니다. 집주인입니다. 아침에 전화 드렸던.

낯익은 목소리였다.

김운입니다. 일주일 동안 집을 비울 거라고 하셨던 것으로 기억하는데요.

운은 짜증을 감추지 않았다.

일정이 바뀌어 집에 들를 예정이었다면, 미리 연락을 하고 왔어야 예의가 아닌가. 자기 집에 올 때 연락을 하고 와야 한다는 생각은 아예 할 수 없는 사람인 건가. 운은 생각 속에서 그를 몰아세웠다.

제가 연락을 드렸어야 했는데, 죄송합니다. 오늘 2시 비행기로 제주에 가려고 했는데, 제주 날씨 때문에 갑자기 결항이 돼서. 죄송합니다.

그가 연신 사과했다. 바람은 조금 전보다 더 세게 불었다. 운의 머리칼이 운의 눈을 가렸다.

괜찮으시면, 안으로 들어가서 차 한잔 하시죠.

그가 열려 있는 테라스 문을 가리켰다. 제법 굵어진 눈발이 거세진 바람을 타고 테라스 안쪽으로 들이쳤다. 운은 가방에 태블릿을 넣고, 실내로 들어갔다. 올라올 때는 집 안을 유심히 보지 않아서 몰랐는데, 2층은 거의 비어 있는 것 같았다. 방문 세 개가 한눈에 보였는데, 방문은 모두 닫혀 있었고, 테라스 앞, 거실 공간에는 아무 가구도 놓여 있지 않았다.

내려가시죠.

그는 나무 계단을 따라 앞서 내려가면서 테라스를 등지고 우두커니 서 있는 운에게 말했다.

1층에는 방이 없었다. 전 층을 거실로 쓸 수 있도록 만들었고, 오픈 주방이어서, 거실에 있는 사람과 주방에서 음식을 만드는 사람이 쉽게 대화를 나눌 수 있는 구조였다. 전면 통유리로 눈 쌓인 정원이 보였다. 테라스에서 바다가 한눈에 내려다보이던 것과 달리, 거실에서는 먼 바다만 보였다. 바다를 보는 쪽도, 오픈 주방을 보는 쪽도 아닌 현관 쪽을 바라보게 놓인 의자에 운은 앉았다.

홍차 드시죠?

그가 주방에 서서 물었다.

괜찮습니다. 눈이 더 쏟아지기 전에 출발해야 할 것 같아서요.

운이 의자에서 일어섰다.

잠깐 앉으세요.

그가 전기 포트에 물을 담고, 전원을 눌렀다. 운은 그가 클라이언트라는 사실을 기억하려고 애썼다. 불안을 들키지 않으려고 최대한 침착하게 행동했다.

저 나쁜 사람 아닙니다.

그가 다기에 찻잎을 넣으며 말했다.

나쁜 사람이 따로 있나요.

운은 말하고 싶었지만, 아무 말도 하지 않았다. 창 너머 먼 바다를 바라보았다. 강릉 강동면. 이곳에서 가까운 곳에 심곡항이 있다. 운은 심곡항에 들러서 올라가고 싶기도 했고, 가능한 한 심곡항 근처에는 가고 싶지 않기도 했다. 내려오는 내내 고민했으나, 운은 결정하지 못했다.

심곡항이 어느 쪽인가요?

운이 물었다. 그는 쟁반에 다기를 담고 있었는데, 심곡항을 찾기라도 하는 것처럼 행동을 멈추고 한동안 창밖을 바라보았다.

글쎄요.

그는 운의 눈을 똑바로 바라봤다.

그와 눈이 정면으로 마주친 것은 처음이었다. 운은 시선을 돌려, 다시 창밖을 바라봤다.

먼 바다가 곧 어둠 속으로 들어갈 것이다.

바다의 깊이를 가늠할 수 없다.

운이 습관적으로 생각에 빠져들려는 찰나, 그가 다기를 테이블에 내려놓고 운의 맞은편 의자에 앉았다.

조금 기다리죠.

그가 말했다. 운은 테이블에 놓인 다기를 보았다. 투명한 티팟 안에서 찻잎이 우러나고 있었다. 사람이 살긴하나. 운은 집에서 사람의 흔적이 전혀 느껴지지 않는다고 생각했다. 물의 색이 붉게 변하면서 향이 퍼졌다.

냄새는 가장 오랫동안 기억에 남는다고 하죠. 오늘이 오래 기억에 남으면 좋겠네요.

그가 두 개의 찻잔에 차례로 차를 따르며 말했다.

오늘이 오래 기억에 남으면 좋겠네요. 이영에게 그의 말투를 흉내 내 들려주고 싶었다. 오늘 좀 이상한 사람을 만났어. 운은 말하고 싶었다. 그가 운 앞에 찻잔을 내려놓았다. 유독 향이 강한 홍차였다.

갑자기 개인 연락처로 전화를 해서 놀랐을 텐데, 일을 맡아줘서 감사합니다.

그는 말을 하면서 자신의 자리로 돌아갔다. 말하는 그의 표정을 운은 보지 못했다. 운은 그제야 그가 개인

적으로 연락을 해왔다는 사실을 깨달았다. 회사를 통하
지 않고, 대표에게 개인적 의뢰가 오는 일이 없는 것은
아니었지만, 운에게 직접 전화를 걸어 일을 맡기는 클라
이언트는 거의 없었다. 그는 자신의 자리로 돌아가 찻잔
을 손에 감싸 쥐고 운을 빤히 바라봤다.

제 연락처는 어떻게 아셨나요?

운이 찻잔에는 손도 대지 않고 물었다.

친구가 알려줬어요. 정원을 맡기면, 꼭 마음에 들어
갔다 나온 것처럼, 당신도 몰랐던 당신 마음을 그대로
옮겨놓은 정원을 보게 될 거라고. 마음을 돌보면서 살면
좋겠다고. 하나만 생각하지 말라고. 몇 달 전부터 계속
말했는데, 망설이고 있다가 갑자기 궁금해져서.

친구분이 저를 아는 분인가요?

운은 그와 이야기를 나눌수록 모든 것이 선명해지기
보다 점점 더 흐릿해지는 것 같았다. 집 안에 있는 사물
들의 윤곽이 흐려져 손을 대면 모든 것이 눈앞에서 흩어
지거나, 공간 자체가 안개로 사라질 것만 같았다.

혹시 그분 성함을 알 수 있을까요?

운은 순간, 자신이 지나쳤다고 생각했다. 따지고 있
다는 것을 숨기지 않은 말투였고, 질문에 불쾌한 감정이
그대로 담겨 있었다.

누구의 마음이든 정원으로 옮겨 심을 수 있는 사람.
궁금했는데. 어떤 사람일지.

그는 어깨를 으쓱하고, 대답을 하는 대신 혼잣말 같은
말을 중얼거렸다. 운은 불편했다. 사실 그 친구가 누구인

지는 중요하지 않았다. 빨리 이 집을 벗어나고 싶었다.

디자인 마무리되는 대로 연락드리겠습니다. 워낙 서두르셔서 오늘 내려오긴 했지만, 작업은 땅이 녹은 후에나 시작할 수 있을 것 같습니다.

네, 그렇게 하죠.

그가 먼저 자리에서 일어섰다. 운은 한 모금도 마시지 않은 찻잔을 한 번 내려다보고 일어섰다. 마시지 않았기 때문에 향은 더 오래 기억에 남을 것 같았다. 운은 그 향을 기억하고 싶지 않았다. 숨을 참았다.

가시죠.

기억하고 싶지 않다는 생각을 하느라, 멍하니 서 있는 운에게 그가 말했다. 운은 숨을 멈춘 상태로, 그를 바라봤다. 그는 고요했다. 운은 그의 얼굴, 목, 가슴, 허리, 손, 다리, 발까지. 차례로 보았지만, 고요했다. 그의 눈에는 아무 말도 담겨 있지 않았다. 아무 소리도 들리지 않는 사람은 처음이었다.

눈이 많이 올 것 같네요.

그가 운의 시선에 불편함을 느꼈는지 창 쪽을 보며 말했다. 눈발은 더 굵어져 있었다.

도면 정리해서 계약서와 함께 보내드릴게요.

운은 그가 다른 사람들과 뭔가 다르다고 생각했다.

네, 잘 부탁드립니다.

그에게 아무것도 느껴지지 않았다.

운은 확인하고 싶었다.

뭐 하나 여쭤봐도 될까요?

얼마든지요.

그는 질문을 기다리는 얼굴로 운을 바라보았다.

감나무는 직접 심으신 건가요?

운은 고개를 돌려 한쪽에 쌓여 있는 돌무더기를 보며 말했다. 색깔도 크기도 조금씩 다른 돌들이 거실의 통창이 끝나는 벽면에 쌓여 있었다.

감나무는 이전 집주인이 심었을 거예요. "내일 지구가 멸망할지라도 나는 오늘 사과나무를 심을 것이다." 이 말을 좋아했거든요.

그는 말을 하면서 천천히 돌무더기 쪽으로 이동했다. 주머니에서 작은 돌 하나를 꺼내 무더기 위에 올려놓았다.

운은 아직 아무 소리도 듣지 못했다. 말하는 것을 좀 더 들으면 소리가 들려올 것이라고 생각해 질문을 던진 것이었는데, 그는 고요했다. 운은 그에게서 아무 소리도 들리지 않는다는 사실에 집중하느라, 정작 그가 한 말에는 관심을 두지 못했다. 이전 집주인을 아는 것도 모르는 것도 같은 그의 말을 운은 흘려들었다.

그는 그런 운을 빤히 바라보고 있었다.

그럼 이번에 제가 질문 하나 해도 될까요?

운은 빠르게 눈을 감았다, 떴다. 긴장 때문에 덥다고 느껴졌다. 그에게서 아무 소리도 들리지 않는다는 사실이 운을 점점 더 긴장하게 했다.

과거가 삶의 일부라고 생각해요? 과거라고 부르는 것들. 그게 삶의 일부라고 생각하나요?

운은 여전히 고요한 그의 눈을 보았다. 아무것도 들리지 않는 사람. 운은 빨리 이 집을 벗어나고 싶었다.

유전자가 있는데, 과거와 분리되어 있다고 생각할 수 있나요?

운은 긴장을 들키고 싶지 않았다. 빠르게 대답했다. 긴장 때문에 질문이 이상하다는 생각을 하지 못했다.

그럼 미래는요?

글쎄요.

운은 더 이상 자신의 생각을 말하고 싶지 않았다. 오늘 처음 만난 그와 과거나 미래, 삶이나 사람들에 대한 이야기는 하고 싶지도, 듣고 싶지도 않았다.

그럼, 저는 이만 가보겠습니다.

그는 대답 없이 어깨를 으쓱하고, 오른손을 뻗어 현관문을 가리켰다. 나가도 좋다는 허락 같았다. 운은 왠지 불안했고, 불쾌했다. 빠른 걸음으로 걸어 문을 빠져나왔다.

찬 바람이 쏟아졌다. 눈발이 운의 검정 코트에 붙었다. 운전 조심해요. 그의 목소리가 들리는 것 같았지만, 운은 뒤를 돌아보지 않고 빠르게 차고로 이동했다. 거실을 빠져나오기 전, 마지막으로 보았던 돌무더기의 잔상이 남았다. 뒤에서 문이 닫히는 소리가 들렸다.

고유명사와 대명사

하나의 기억이 있다.

하나의 기억은 연결되어 있다.

기억은 지식과 정보, 감각과 감정, 계산과 착오, 이해와 오해, 과거와 현재, '나'와 '당신'들로 둘러싸여 있다.

기억은 한 인간의 이성을, 감정을, 지능을, 본능을, 본성을 변화시킨다.

공포와 불안을 야기한다. 시간관을 바꾸고, 사유의 범주를 조정한다.

한 인간을 다른 인간으로 만든다.

다른 기억이 생기면.

식물과 동물을 바라보는 관점이 달라진다. 판단 능력과 사고 능력이 달라지고, 지각하는 세계에 대한 이해가 달라진다. 다른 사람의 감정을 고려하는 방식이 달라지고, 관계를 유지하는 패턴에도 변화가 생긴다. 위기를

155

감지하고 대처하는 태도도 달라진다.

모든 인간의 기억을 가진 단 하나의 인간을 가정해보자.

그는 순간 이동을 하거나, 시간 여행을 할 수 없다.

그는 다른 존재로 변신을 할 수도 없고, 엄청난 힘을 가지고 있지도 않다.

그는 단지 모든 인간의 기억을 가지고 있다. 가질 수 있다.

묘비가 끝없이 세워지는 무덤.

수천만 개의 묘비가 세워진 단 하나의 무덤.

그에게는 아무 목적도 없다.

그는 순수한 놀이의 기쁨을 안다.

그는 아무것도 궁금해하지 않고, 모든 것을 안다.

그는 아무도 아니다.

그는 지식을 모은다.

그는 슬픔을 모은다.

그는 고통을 모은다.

그는 분노를 모은다.

그는 사랑을 모은다.

하나의 이름이 된다.

하나의 이름.

그는 생각했다.

Nothing, Néant, Nada, Nichts, 無

여러분은 요즘 어떤 것에 관심이 있으신가요?
저는 요즘 날씨, 뭐 먹지, 주식, 집값, 플랫폼에 관심이
있습니다. 정리를 해보니, 대체로 획득과 관련된
것들이네요. 무엇을 얻을 수 있을 것인가. 저한테
주식이나 부동산, 코인 같은 것들은 사실 별로 관심이 없던
문제들이었는데, 관심도 상황에 따라 변하는 거 같아요.
남들도 다 하는데. 이런 생각을 안 할 수가 없거든요.
여러분에게는 어떤 관심이 있는지. 또 그 관심을 어떻게
표현하고 계신지. 궁금합니다. 사연 보내주시면, 방송
말미에 소개해드리고, 상품도 드리도록 하겠습니다. 많은
관심과 참여 부탁드릴게요.
우리는 때로 지나친 관심 속에 살고 있는 것 같기도 하고,
냉담함에 가까운 무관심으로 무장하기를 원하는 것
같기도 합니다. 상처받고 싶지 않다. 강해지고 싶다.

나는 감정 때문에 힘들다는 결론은 감정을 느끼지 않는 사람에 대한 환상을 가져오기도 하지 않나. 그런 생각도 해보게 되고요. 요즘 사이코패스나 소시오패스에 대한 이야기를 부쩍 많이 듣게 되는 거 같습니다. 좀 무섭기도 한데요. 아무튼. 당신은 무엇에 관심이 있는가. 당신은 무엇에 무관심한가. 이 사소한 질문에 대한 대답은 많은 것을 결정하기도 하는 것 같습니다. 한 사람, 개인의 관심은 그 사람을 결정하고, 무관심은 한 사회를 결정하기도 하지 않나. 그런 생각도 들고요.

현우는 운전 중이었다. 라디오를 듣는 게 몇 년 만인가. 마태오가 옆에 있지 않았다면, 현우는 라디오를 틀지 않았을 것이다.

함께 강릉에 가고 싶어요.

현우가 말없이 와인 잔을 다 비웠을 때, 마태오가 말했었다. 마태오는 현우에게 술을 더 권하지는 않았다.

언제든지 연락하세요.

현우는 약속을 했고, 늦지 않게 마태오의 집을 빠져나왔다. 하늘색 지붕은 밤에도 선명하게 보였다. 국회의사당을 언제 보고 처음 보는 것인지. 어린 시절에 견학을 온 기억이 남아 있었다. 현우는 오피스텔 입구에 잠깐 멈춰 서 있었다.

어떤 말을 할 수 있었을까.

마태오에게 아무 말도 해주지 못한 것을 후회했다. 좋은 아침. 강을 따라 집까지 걸어야겠다고 생각했다.

천천히 걸어서 집에 도착했을 때는 새벽 1시였다. 얼굴이 빨갛게 얼어 있었다. 얼마나 천천히 걸었는지, 무슨 생각을 하면서 걸었는지, 그래서 얼마나 시간이 걸렸는지, 현우는 알지 못했다. 캐럴을 큰 소리로 틀고 달리는 자전거 동호회가 현우의 옆을 지나갔지만 현우는 캐럴을 듣지 못했다. 걷는 것 말고는 할 수 있는 일이 없어서, 걷기를 멈추지 않기 위해 천천히 걸었다.

그로부터 열흘 뒤 마태오에게 메시지가 왔다.

운은 지난주에 강릉에 다녀왔다고 합니다.

이번 주말 어때요?

이렇게 두 줄이 적힌 메시지였다.

김운은 왜 강릉에 갔을까.

현우는 운에게 전화를 해볼까 하다가 그만두기로 했다. 다음 주에 회의가 잡혀 있었다. 곧 만날 텐데. 현우는 뭔가가 망설여질 때 언제나 하지 않는 쪽을 선택했다.

제가 집 앞으로 가겠습니다.

마태오에게 답을 보냈다.

현우는 여름과 가을, 겨울의 초입을 보내면서 그사이 몇 차례, 심곡항에 다녀왔다. 답답한 마음에 차를 타고 달리다 보면 고속도로였다. 심곡항에 차를 세워놓고, 현우는 해안가 도로 경계석을 따라 걸었다. 걷다 보면 '사망 사고 발생 지점'이라는 표지판이 서 있었다. 사고가 있고 얼마 지나지 않아 표지판이 세워졌다. 현우는 표지판 앞 도로 경계석에서 멈췄다. 노란색 경계석에 다리를 바다 쪽으로 내놓고 앉아 있었다. 커브가 심해 많은 차들이 속도를 줄이고 지나가는 구간이었다. 현우는 몇 대의 차가 지나가는지, 속으로 의미 없는 숫자를 세고 있다가, 서울로 돌아왔다. 어떤 날에는 밤새 운전을 해서, 다음 날 회사에 앉아 꾸벅꾸벅 졸기도 했다.

여름 내내 강릉에 있었습니다.

마태오가 말했었다.

강릉에 있는 모든 바다에 뛰어들었어요.

마태오가 말했었다.

만약 오늘도 마태오가 바다에 뛰어든다면.

현우는 액셀을 밟으며 자신이 할 수 있는 일이 무엇일지 생각했다.

듣고 있어요?

마태오의 목소리가 들렸다.

현우는 생각에 빠지면 아무 소리도 듣지 못했다.

네? 무슨?

이 라디오요. 듣는 거예요?

아, 마태오 심심할 거 같아서요. 음악은 어떤 걸 좋아하는지. 제가 마태오 취향을 모르니까.

현우가 라디오의 볼륨을 줄이며 변명했다.

그냥 조용히 갈까요?

마태오가 물었다. 현우가 라디오를 껐다. 몇 개의 표지판을 지났다. 강릉까지 남은 킬로미터 수가 꾸준히 줄어들고 있었다.

사람들이 사람들한테 관심이 너무 많은 거 같아요.

한동안 창밖만 보고 있던 마태오가 말했다.

그런가요.

현우는 앞을 보고 있었다. 내비게이션에서 속도 제한 구역 안내가 나왔다.

사람들이 사람들한테 너무 관심이 없는 거 같아요.

마태오가 계속 창밖을 보면서 말했다.

그런가요.

현우는 속도를 줄였고, 규정 속도로 속도 제한 구역을 통과했다.

한국에서는 속도를 줄이지 않으면 어떻게 됩니까?

마태오가 물었다.

미국이랑 비슷하죠. 벌금을 냅니다.

비싼가요?

속도에 따라 달라요.

낸 적 있어요?

여러 번.

생각보다 속도를 즐기는군요.

마태오가 차에 탄 이후 처음 웃었다.

생각에 빠지면 속도를 잊어서. 마태오는 어때요?

현우가 다시 액셀을 힘주어 밟으며 물었다. 현우의 차는 터널에 들어섰다.

현우는 이영과 많이 달라요.

마태오가 말했다.

그런가요.

그런가요, 이영은 그런 말 안 하거든요.

그럼 이영이는 뭐라고 해요?

맞아. 사람들은 모두 자기한테만 관심 많아. 남들은 다 자기를 비추는 거울이지. 이렇게 말하죠.

그런가요.

현우는 동생을 진짜 모르네요. 이영은 절대 이렇게 말하지 않아요.

그럼요?

그런데 마태오, 사람들에 당신과 나도 포함되는 거야? 이렇게 묻죠.

그런가요.

현우의 차는 터널을 빠져나왔다. 바로 앞에 다른 터널의 입구가 보였다.

이영이 마태오와도 생각이 다를 때가 많았나요?

그럼요. 우리는 매일 열심히 싸웠죠.

마태오가 고개를 돌려 현우를 바라봤다. 차가 터널에 진입하는 중이어서, 현우의 얼굴에 그늘이 졌다. 이영과 옆얼굴이 묘하게 닮았다. 마태오는 이영에 대한 이야기를 그만하고 싶었다.

현우는 뭐에 관심 있어요?

마태오가 현우에게 물었다. 현우는 살면서 이런 질문을 처음 받았다. 누구나 현우에게 넌 왜 세상에 관심 있는 게 없냐고 힐난하기는 했으나. 비난이나 불만의 뜻을 담지 않고 무엇에 관심이 있냐고 물은 사람은 마태오가 처음이었다.

Nothing.

Nothing? 아무것도 없어요?

아뇨, Nothing. Nothing에 관심 있다고요. 우리말로는 무고, 한자예요. 없을 무.

알아요, Prison.

Prison? 감옥이요?

네, 그 모양 감옥같이 생겼잖아요. 지붕 아래 막힌 창문 같아요. 그 아래 빠져나온 건 발 두 쌍. 걷지를 못해서 힘 빠진 발 같달까.

현우는 몇 달 만에 처음으로 크게 웃었다.

그러니까 저는 무의 감옥에 갇힌 거네요.

아마도. 그런데 현우 노잼이네요.

마태오가 커다란 눈을 더 동그랗게 뜨고 현우를 놀렸다.

그런 말도 알아요?

노잼, 핵노잼. 개꿀. 개피곤. 이영한테 배웠죠.

현우는 이영이 자신에게 늘, 오빠는 진짜 핵노잼이야, 라고 말하던 것을 떠올렸다.

마태오는 재미있어요.

현우는 이영이 마태오와 있으면 계속 웃게 된다고 말했던 것을 기억했다. 마태는 질문이 생겼을 때 빼고는 다 웃겨. 그에게는 유머와 여유가 있거든. 이영이 말했었다.

이영이 더 재미있죠.

마태오가 창밖을 보며 말했다. 현우는 자신이 웃는 게 어색할 정도로 웃은 지 오래되었다는 사실을 깨달았다.

그런데 마태오는 왜 무를 그렇게 들여다봤어요?

현우는 궁금했다. 마태오는 왜 한자 하나를 그렇게까

지 들여다본 걸까.

습관이에요. 모든 말을 들여다보는 게. 이해가 안 되는 게 많아서.

마태오가 대답했다.

이해할 수 없는 것.

이해할 수 없다.

현우는 생각했다.

현우의 차가 터널을 빠져나왔다. 끝없이 이어지는 산능선이 펼쳐졌다. 구름이 빠르게 지나갔다. 제한 속도를 넘었다는 신호음이 계속 울렸다. 내비게이션에 붉은 조명이 깜빡였다.

속도를 줄이십시오. 사고 다발 지역입니다. 제한 속도 100km 구간입니다.

현우는 듣지 못했다.

속도를 줄이십시오.

듣고 있어요?

마태오가 말했다.

감옥에서 나와요.

사이렌

떠도는 말

전날 내린 폭우로 그 지역에 산사태가 났다.

다행히 인명 피해는 없었지만, 많은 수재민이 발생했다.

산사태를 수습하러 세 명의 사람이 서울에서 내려갔다.

셋 중 둘이 사라졌다.

하나는 세상 사람들이 다 아는 이름이었다.

그의 시신이 차 안에 있었다.

차는 바다에서 건져냈다.

운전자는 사라졌다.

운전자석 창문은 끝까지 내려진 상태였다.

블랙박스의 메모리 카드는 사라졌다.

수색은 열흘 넘게 진행되었다.

운전자의 시신은 끝내 찾지 못했다.

운전자에게는 프리다이빙 자격증이 있었던 것으로 밝혀졌다.

셋 중 하나의 증언이 있었다.

사망자는 운전자를 달래야 할 일이 있다고 운전자의 차를 타고 서울까지 가겠다고 했다.

사망자는 평소에도 운전자에게 친절했다.

사망자의 차는 셋 중 하나가 안전하게 서울로 몰고 왔다.

달래야 할 일이 뭐였을까.

달랜다는 말은 보통.

운전자가 마지막으로 남긴 말.

모든 걸 포기하고 싶게 하는 사람이 있다. 모든 걸 사라지게 만드는 사람.

운전자가 자신의 SNS에 마지막으로 업로드한 사진은 금사슬나무의 사진이다.

금사슬나무의 꽃말은 '슬픈 아름다움'이다.

슬픈 아름다움은 사랑과 죽음을 동시에 연상하게 한다.

운전자는 사라졌고, 세상이 모두 아는 이름은 시신으로 발견됐다.

장례식에는 수많은 화환이 줄지어 도착했다.

조문객이 끊이지 않았다.

비통하다.

진실을 밝혀라.

바닥에 가라앉은 말

전날 내린 폭우로 그 지역에 산사태가 났다.

산은 무너져 내렸고, 산 아래 집들은 순식간에 흙더미에 삼켜졌다.

이미 빈집들이 많았고, 마을에는 사람이 많이 살지 않았다.

몇 달에 걸쳐 대대적인 벌목이 진행됐다.

마을에 큰 기업에서 산을 사들였다는 소문이 돌았다.

산 중턱에 포클레인이 서 있었다.

폭우가 쏟아지자, 산에서 흙과 모래, 돌이 섞인 엄청난 양의 흙탕물이 쏟아져 내렸다.

마을 전체를 쓸어버렸다.

집을 잃은 사람 중에는 중증 장애가 있는 남자와 남자의 노모, 부모 없이 둘만 살던 11세, 13세 형제. 5세 아이와 아이의 할아버지가 있었고, 혼자 사는 70세 이상의 노인만 10여 명이 넘었다.

옆 마을 초등학교 강당에 임시 거처가 마련되었다.

강당은 무덥고 고요했다.

파리들이 계속해서 사람들의 다리를 옮겨 다녔다.

세 사람은 강당에 들러 이 사람들을 만났다.

셋 중 한 사람은 모든 사람들에게 악수를 청했다.

5세 아이만 그의 손을 잡지 않고 울음을 터뜨렸다.

셋 중 한 사람은 고개를 돌리고 코를 막았다.

13세 아이가 그 모습을 보았고, 씨발, 소리 내 말했다.

셋 중 한 사람은 이를 악물었다.

기자들 몇이 뒤를 따랐다.

셔터 소리가 들렸다.

세 사람과 기자들은 강당에서 15분 만에 나왔다.

셋 중 한 사람은 기자들을 먼저 돌려보냈다.

기자들의 차가 차례로 떠나고, 운동장에 차 두 대가 남았다.

달래줘야 할 거 같으니 나는 이 차를 타고 가지.

기자들을 먼저 돌려보낸 사람이 말했다.

뭘 달래신다는 건가요? 혼자 가고 싶습니다.

거부하는 운전자의 차 조수석에 운전자보다 먼저 셋 중 하나가 올라탔다.

먼저 가.

셋 중 하나가 밖에 우두커니 서 있는 셋 중 하나에게 말했다.

그럼 서울에서 뵙겠습니다.

셋 중 하나는 차를 몰고 떠났다.

운동장에는 한 대의 차만 남았다.

해안도로 한 바퀴 돌고 가지.

조수석에 탄 사람은 재킷을 벗고, 넥타이를 풀고, 신발을 벗었다.

블랙박스에서 메모리 카드를 뺀 것은 조수석에 탄 사람이었다.

블랙박스를 끄고 약을 먹은 것은 조수석에 탄 사람이었다.

블랙박스를 끄고 담배를 피운 것은 조수석에 탄 사람이
었다.

창문을 내린 것은 운전자였다.

조수석 창문을 닫은 것은 조수석에 탄 사람이었다.

커브 길, 속도를 줄이시오.

표지판을 본 것은 운전자였다.

운전자의 허벅지에 손을 얹은 것은 조수석에 탄 사람이
었다. 양쪽 1차선 해안도로. 차는 심하게 흔들렸다. 욕
설이 오갔다. 운전자는 한 손으로 운전대를 잡고, 한 손
으로 몸싸움을 했다.

차를 세우려 한 사람은 운전자였다.

커브 길에 차가 서 있으면 다른 차량이 위험할 수 있다
는 것을 운전자는 알았다.

조수석에 앉은 사람이 힘으로 운전자의 오른팔을 꺾었다.

운전자가 브레이크를 밟으려는 순간,

동공이 풀린 조수석에 앉은 사람이 운전자의 머리를 세
게 때렸다.

차가 휘청했다. 중앙 차선을 넘어섰다.

조수석에 앉은 사람이 핸들을 급하게 오른쪽으로 꺾었다.

차는 경계석을 들이받고 바다로 곧바로 추락했다.

사망자의 가족은 부검을 원하지 않았다.

호흡의 사이클

마태오와 강릉에서 돌아온 뒤 현우는 일주일 넘게 달리지 않았다.

달리고 싶지 않았다.

현우는 매일 자신의 숨과 심장 박동을 느끼려고 달렸다.

있는 힘껏 달리면 심장이 미친 듯이 뛰고, 심장 박동 소리가 가깝게 들렸다. 현우는 숨소리와 심장 박동 소리가 어떤 음악보다 좋았다. 심장 박동과 비슷한 속도의 음악을 즐겨 들었다. 현우가 베토벤 교향곡 중 9번 교향곡을 제일 좋아하는 이유는 9번의 박자가 1분에 80박, 정상 심박수 내에 있기 때문이었다. 지휘자가 달라져도 9번이 심박 범위를 크게 벗어나는 일은 없었다.

현우는 자신이 만드는 음악이 늘 심박보다 느린 것이 마음에 들지 않았다. 자신 안에 있는 음들은 느린 템포로 흘러나왔다. 현우는 자신이 다른 사람보다 긴 휴지를 두고 숨을 쉬는 것이 자신이 만드는 음악에 영향을 주고 있다는 것을 알았다.

오빠는 숨을 몇 초에 한 번 쉬는 거야?

이영이 물었을 때, 현우는 의아했다.

누가 얼마에 한 번 숨을 쉬는지 생각하고 숨을 쉬어?

오빠는 확실히 덜 쉬는 거 같단 말이야.

숨을?

그래, 숨 안 차?

현우는 자신이 다른 사람보다 느린 사이클로 숨을 쉰다는 것을 이영의 질문 때문에 처음 알았다.

이영은 그때 현우의 등에 업혀 있었다.

이제 내릴게.

이영이 아홉 살 때였다. 슬픈 일이 생기면 이영은 현우의 방문을 두드렸다.

오빠, 나 업어줘.

현우는 이영이 유치원에 들어갈 때까지 이영을 자주 업어줬다.

오빠, 나 업어줘.

이영이 말하기 시작한 것은 이영이 초등학교에 입학한 날부터였다.

다 큰 애가 애기처럼.

현우는 그렇게 말하면서도 이영을 업었다. 등에 업힌 이영은 조용했다.

조용하면 불안한데.

현우는 이영이 말할 때까지 기다려줬다. 이영이 등

뒤에서 울기 시작하면 현우는 천천히 방의 끝에서 끝까지 오가기를 반복했다.

오빠는 숨을 몇 초에 한 번 쉬는 거야?

이영이 묻기 전에, 현우는 이영이 이제 오래 업고 있기에 버거운 다 큰 아이가 되었다고 생각했다. 이영이 자신의 숨을 세고 있는 줄은 몰랐다.

나 내려줘. 내가 거의 두 번 쉴 때 오빠 한 번 쉬는 거 같아.

이영이 현우의 등에서 내려, 침대에 걸터앉으며 말했다.

현우는 그때부터 달리기 시작했다.

달리고 있을 때는 숨을 빨리 몰아쉬었고, 심장 박동 소리가 크게 들려서 살아 있는 느낌이 들었다.

왜 달리고 싶지 않은 걸까.

현우는 이영의 사고가 있은 뒤로도 계속 달렸다.

수색 기간에 강릉에 가 있으면서도 현우는 달렸다.

운과 회의에서 처음 만난 이후에도 달렸다.

마태오의 이야기를 들은 이후에도 달렸다.

하지만 이제 달리고 싶지 않았다.

강릉에서 돌아오던 밤, 현우는 다음 새벽에 자신이 눈 뜨지 않을 것을 알았다.

현우는 토요일 늦은 밤부터 월요일 아침까지 깨지 않고 잤다.

바다를 하염없이 보고 있는 마태오를 봤기 때문일까.

바다 앞에 그렇게 오래 앉아 있었던 것은 처음이었다.

172

강문해변 알아요?

심곡항에 도착해서 도로 경계석을 따라 걸을 때, 사망 사고 지점 표지판이 눈에 보이기 시작했을 때, 마태오가 물었다.

강문해변이요?

네, 이영이 좋아했던 해변.

가족들이 다 함께 간 적이 있어요.

현우는 표지판을 보지 않으려고 고개를 숙였다. 마태오의 발등이 보였다. 파도가 높았고, 바람이 몹시 불었다.

왜 나랑 강릉에 오고 싶었어요?

현우가 마태오의 운동화 위로 드러난 발목을 보며 물었다.

얼어 죽을 거 같아.

이영이 워싱턴에 있을 때 자주 그렇게 말했어요. 자기는 히터에 적응이 되지 않는다고. 따뜻한 바닥에 눕고 싶다고요.

마태오는 엉뚱한 대답을 하고 멈춰 섰다. 바다를 향해 몸을 돌렸다. 현우는 마태오 곁에 서서 마태오의 말을 기다렸다.

이영에게 보여주고 싶었어요. 우리가 만난 걸. 우리 그때 만나기로 하고 못 만났으니까. 내가 현우와 친해지면 좋겠다고 했거든요. 현우와 내가 많이 닮았다고 했는데. 난 아직 잘 모르겠네요.

마태오가 바다를 보고 웃었다. 현우는 마태오가 이영에게 말하고 있다고 생각했다. 표지판은 아직 대여섯 걸음 앞에 있었다.

　강문해변으로 가요.

　현우가 마태오의 어깨에 손을 얹었다. 두 사람은 차를 세워둔 방향으로 돌아섰다. 올 때보다 빠른 걸음으로 걸었다. 바람에 현우의 머리카락이 날렸다. 긴 앞머리에 가려져 있던 현우의 이마가 드러났다. 두 사람은 보지 못했지만, 두 사람의 넓은 이마의 모양이 비슷했다. 양 차선에서 몇 대의 차들이 느린 속도로 지나갔다. 파도 소리와 바람 소리, 차들이 지나가는 소리 때문에 두 사람은 귀가 얼얼했다.

　나는 저기 없을 거 같아요.

　마태오가 걸음을 멈추지 않고 걸으면서 말했다.

　저 바닷속에 있을 거 같지 않아요.

　현우는 아무 말도 하지 않았다. 현우는 운의 말처럼 자신이 이영을 기다리고 있다고 생각했다. 그렇지만 현우는 이영이 어디에 있는지 생각할 수 없었다. 생각이 거기에 이르면 생각을 멈춰 세웠다. 현우는 어느 쪽도 생각하지 않고, 기다리기만 했다. 이영에게 우리가 만난 것을 보여주고 싶어서 강릉에 오자고 했다는 마태오가 이영은 여기에 없다고 말하는 것을 현우는 이해했다. 그 마음을 알 것 같았다. 마태오의 걸음에 맞춰 빠르게 걸었다.

　항구에는 몇 개의 배들이 묶여 파도의 움직임에 따라 흔들리고 있다.

　배들과 마주한 주차장에는 현우의 차만 서 있었다.

현우는 차에 타 바로 내비게이션에 강문해변을 입력했다.

마태오는 먼 바다를 보고 서 있었다.

타요.

현우가 조수석 쪽 창문을 내리고, 마태오를 불렀다.

마태오가 손을 눈 쪽으로 가져가는 것이 보였다.

50분 걸린대요.

마태오가 자신들이 걸어온 방향을 돌아보았다. 현우는 창문을 올리고 기다렸다. 마태오는 조금 뒤 차에 탔고, 조수석의 창문을 내리고, 눈을 감았다. 바닷바람에 마태오의 얼굴이 얼어 있었다.

현우가 시동을 걸자 차에 꽂혀 있던 CD가 자동 재생됐다.

몇 개의 피아노 음이 흘러나왔고, 뒤이어 조금 전의 음보다 빠르고, 힘찬 음들이 이어져 나왔다. 도입에서 오래 머물지 않고 빠르게 중심을 향해 내려가는 음들이 이어졌다. 현우는 볼륨을 높였다.

50분 뒤에 두 사람은 강문해변에 도착했다.

마태오는 바로 차에서 내렸고 찬 바람이 몰아치는 바다를 향해 곧장 걸어갔다. 현우는 차 안에서 마태오가 바다를 향해 걸어가는 것을 보았다. 창문을 내렸다. 차가운 바람이 쏟아져 들어왔다. 마태오가 혼자 있게 해주고 싶었다.

이영.

현우는 마태오가 바다를 향해 소리치는 것을 들었다.

175

이영.

현우는 차에서 내렸다. 파도 소리, 바람 소리, 소나무의 잎들이 요동치는 소리가 섞여 바다와 숲이 울부짖는 것 같았다. 현우는 마태오에게 가까이 가지 않고 소나무숲에 멈춰 섰다.

파도가 밀려왔다.

마태오는 꼼짝 않고 서 있었다.

파도가 밀려왔다.

바람에 마태오의 검정 재킷이 날렸다.

파도가 밀려왔다.

현우는 알고 있었다. 보통 사람의 호흡은 한 사이클이 3~5초다. 하지만 잠을 잘 때나 쉬고 있을 때는 느려져서 6~8초로 유지된다. 사람들이 바닷가에서 일종의 안도감을 느끼는 것은 쉬거나 자고 있을 때의 호흡 패턴과 파도의 리듬이 비슷하기 때문이다. 규칙적이지 않지만 파도의 리듬은 평균 8초의 사이클을 만들어낸다고 한다.

현우는 자신이 늘 잠들어 있는 상태와 비슷한 상태로 삶을 살아가고 있다는 것을 알았다. 무감한 이유. 의욕도 없고, 의지도 없고, 욕망도 없는 이유. 모든 것이 그것으로 설명되는 것 같았다.

현우는 파도를 바라보았다.

파도가 밀려왔다.

마태오가 바람을 맞고 서 있다.

파도가 밀려왔다.

계속해서 파도가 밀려왔다.

규칙적인 파도의 리듬에서 현우는 어떤 안도감도 느끼지 못했다.

마태오는 꼼짝 않고 서 있다.

마태오에게서 아무 소리도 들려오지 않는다.

파도가 밀려온다.

파도가 밀려온다.

현우는 다 그만두고 싶다고 생각했다.

이제 그만 더 깊은 잠을 자고 싶다.

더 길고 긴 사이클 속으로 들어가,

모든 반복을 멈추고 싶었다.

필요와 아름다움

"칼슘: 뼈와 치아 형성에 필요, 신경과 근육 기능 유지에 필요, 정상적인 혈액응고에 필요, 골다공증 발생 위험 감소에 도움을 줌. 마그네슘: 에너지 이용에 필요, 신경과 근육 기능 유지에 필요. 망간: 뼈 형성에 필요, 에너지 이용에 필요, 유해산소로부터 세포를 보호하는 데 필요. 비타민D: 칼슘과 인이 흡수되고 이용되는 데 필요, 뼈의 형성과 유지에 필요, 골다공증 발생 위험 감소에 도움을 줌."

운은 책상 위에 놓여 있는 영양제 옆면에 쓰여 있는 글자를 읽었다.

살기 위해 필요한 게 너무 많다.

언제 마지막으로 먹었는지 기억도 나지 않았다. 유통기한이 벌써 지났을 것이다. 무엇이든 잘 버리는 운이 날짜가 지난 영양제 통을 버리지 못하고 있는 이유는 하나였다.

너 사람이 뼈가 튼튼해야 돼.

영양제 통에서 자꾸 이영의 목소리가 들렸기 때문이다.

운은 어디에서나 소리를 잘 들었다.

금사슬나무에서 마림바 소리를 들었던 것처럼, 나무들 앞에 서면, 사람들과 마주하면, 그들의 고유한 소리가 들렸다. 물이 흐르는 소리일 때도 있었고, 참기 힘든 기계음일 때도 있었고, 새소리, 개구리 소리, 매미 소리일 때도 있었다. 새나 개구리나 매미가 근처에 없을 때에도 그랬다.

운은 처음에 그것이 환청이나 이명일 것이라고 생각했지만, 같은 일이 반복되면서 운은 자신에게 어떤 성질이 소리로 전환되어 느껴진다는 것을 알았다.

핑크, 핑크.

시작은 언니에게서 들은 소리였다. 핑크, 핑크. 운에게는 분홍의 반복이 새총 소리처럼 들렸다.

사람에게서 듣기 좋은 종류의 소리를 듣는 것이 드문 일이어서 운은 나이를 먹으면서 점점 더 사람들을 피했다. 선함과 선량함을 가진 사람들에게서 참을 수 없이 슬픈 소리가 들려오는 것을 운은 견딜 수 없었다. 만약 개개인이 듣는 소리 안에 사는 거라면. 각자가 듣는 소리 공간에 속해 있는 거라면. 운은 침묵이 쉽게 찾아오지 않는 공간에 살았다. 소리는 어디에나 지나치게 많았다.

왜 아무 소리도 들리지 않았지.

운은 디자인 도면을 그의 메일로 보내면서 다시 생각했다.

처음이었어. 내가 어떤 소리를 놓친 걸까?

이영에게 묻고 싶었다.

운은 그에게 메일을 보내고, 회의 자료를 챙겨 사무실 밖으로 나왔다. 회의는 지나치게 자주 열렸고, 의미 없는 대화가 끝도 없이 이어졌다. 몇 개 업체 실무자와 공무원이 모여 하는 대화는 계속해서 서로의 입장 차이를 확인하는 과정의 연속이었다.

현우와 되도록 먼 자리에 앉았지만, 회의 때마다 운은 한마디도 하지 않고 말하는 사람의 목쯤을 계속 바라보는 주현우를 보았다. 현우가 보고 있는 것이 말하는 사람이 아니라는 것쯤은 말하는 사람도 눈치챌 만한 눈이었다.

어딜 자꾸 가시는 거예요?

운은 묻지 않았다.

어디에 있는 걸까.

운은 현우가 자신과 비슷한 생각을 하고 있다고 생각했다.

그러므로 주현우가 공원 중앙 분수 앞에 고요의 집을 짓자는 의견을 낸 것은 아무도 예상하지 못한 일이었다.

고요의 집이요?

그게 뭡니까?

사람들의 질문이 쏟아졌다.

현우는 자신의 의견을 차분하게, 그렇지만 힘 있는

어조로 설명했다.

자신은 이 사일런스 파크가 도시 전체를 감쌀 수 있는, 도시를 둘러싸는 공간이 되기를 바란다고 했다.

누군가 사일런스 파크가 도시의 한가운데에 계획되고 있으며 그러므로 도시가 공원을 감싸고 있는 구조라는 것을 설명하려고 했을 때, 주현우는 물론이라고 대답했다.

물론, 도시가 공원을 감싸고 있습니다.

하지만 공원도 도시를 감쌀 수 있게 설계하자는 얘기입니다.

건물의 천장에서 쏟아지는 빛이 건물 내부를 감싸듯이요.

음악이 영혼을 감싸듯이요. 영혼이 음악을 감싸듯이요.

사람들은 점점 알 수 없어지는 주현우의 의견에 흥미를 잃었다.

고요의 집을 중앙 분수 앞에 짓는 거예요.

집의 내부는 철저하게 비우는 게 좋을 것 같습니다. 천장에 창이 있어서 그곳에서 빛만 곧게 떨어질 수 있으면 좋을 거 같고요. 이탈리아 피렌체 세례당 천장에 그런 창이 있죠. 좁고 높은 집 안에 빛만이 쏟아져 들어오게 하는 겁니다. 아무 소리도 들어올 수 없게 방음문을 달고요. 도시 소음에 지친 사람들이 침묵 속에서 쉬었다 갈 수 있도록 하는 거죠. 예약을 받아서 한 사람씩만 입장할 수 있게 하면, 방문자들이 온전한 빛과 고요를 경험할 수 있겠죠.

사일런스 파크의 고요의 집. 홍보만 잘하면 SNS에서 화제가 될 것도 같은데요?

내내 지루한 표정으로 현우의 설명을 듣던 담당 공무원이 적극 찬성의 의견을 표했다. 잘하면 랜드마크가 될 수 있을 거 같습니다. 그 공무원보다 직급이 낮은 공무원이 의견을 더했다.

운의 선배, 회사 대표는 입을 다물고 있었다. 그건 어디까지나 건축 사무소에서 결정할 사안이지, 수경 팀에서 의견을 제시할 부분이 아니었다. 대표는 자신의 영역을 침해당했다고 느끼는 것 같았다.

건축물을 하나 두기로 했던 거니까, 시민들이 많이 이용할 수 있는 것이면 좋겠죠. 어디까지나 아이디어니까. 아이디어로 참고해주시면 좋겠습니다.

현우 회사의 대표가 갑작스러운 현우의 의견 제시 때문에 경직된 분위기를 의식했는지, 말을 이었다.

운은 대표의 얼굴을 보았다. 대표는 계속 입을 다물고 있었다. 운은 대표의 눈치를 살피는 대신 자신의 의견을 말하기로 결정했다.

공원 전체를 숲속처럼 연출할 생각이에요. 군데군데 화단을 두긴 할 테지만. 전체적인 느낌은 작은 숲속에 온 것처럼. 최대한 나무들을 자연스럽게 배치할 생각입니다. 그런데 모든 숲은 숲마다 소리가 다 다릅니다. 전나무 숲에서 나는 소리랑 대나무 숲, 자작나무 숲에서 나는 소리는 모두 다르죠. 바람이 통과하는 나뭇잎이 다르니까요. 숲들은 어떤 나무들로 이루어져 있느냐에 따라 전혀 다른 음색, 다른 음계를 가지고 있습니다.

어차피 도시 중앙에 외관상 흉물스러운 방음벽을 세울 수는 없는 일이고. 공원 안쪽으로 자연스럽게 공원을 둘러싼 도로에 차들이 오가는 소리, 경적 소리, 다양한 도시 소음들이 들어올 텐데. 그걸 최대한 멀리 느껴지게 하면서, 공원 내부의 소리로 차단하는 방식으로 공원을 디자인할 생각입니다. 대나무나 유리로 만든 거대한 풍경을 공원에 설치할 생각이에요. 바람이 지날 때마다, 풍경이 흔들리는 소리가 들릴 수 있도록. 바람의 세기에 따라 다른 소리가 공원에 울릴 수 있도록이요.

그 가운데에 고요가 공원 전체를 감싸고 있는 느낌이 나쁘지 않을 거 같은데요.

운은 자신이 가지고 있던 공원 전체 이미지에 다른 어떤 건축물보다 현우가 제안한 고요의 집이 잘 어울린다고 생각했다.

운의 대표가 고개를 끄덕였다.

회의는 평소보다 길어졌지만, 진척이 있었다.

운의 대표는 주현우의 마지막 말에 설득되었다고 했다.

현우는 고요의 집에 대해 말하면서 마지막에 이렇게 덧붙였다.

우리는 지금 너무 많은 소리에 둘러싸여 살고 있습니다. 침묵이 도시를 감쌀 필요가 있어요. 흙이 숲을 감싸듯이. 우주의 텅 빈 공간이 지구를 감싸듯이요.

모두 빠르게 회의장을 빠져나가고, 운과 현우만 회의실에 남았다. 입구 쪽에 앉아 있던 현우가 먼저 운에게

다가왔다.

　지난 주말에 마태오와 강릉에 다녀왔어요.

　저도 얼마 전에 다녀왔는데.

　운이 현우의 얼굴을 보았다. 현우의 소리가 바뀌었다.

　마태오에게 들었어요. 무슨 일로?

　현우가 물었다.

　저는 일 때문에 클라이언트 집에 갔었어요.

　현우의 소리는 원래 백색소음 같은 것이었다. 아주 희미하고 약한 한 줄기의 소리. 소라 껍데기에 귀를 대고 있으면 들려오는 소리 같은. 소리가 들린다고 믿고 있기 때문에 들리는 것인 듯한 소리. 하나의 낮은 음으로 이어지는 단조로운 소리.

　운은 그래서 현우와 마주하고 있으면 이것이야말로 이명일지 모른다고 생각했었다.

　아, 그랬군요. 가끔 강릉에 가는 걸까. 걱정했습니다.

　운은 놀랐다.

　현우에게서 감정을 표현하는 말을 들은 것은 처음이었다.

　아, 네. 아뇨.

　운은 당황한 것을 들키지 않으려고 가방 정리를 시작했다.

　아까 말씀하신 거, 인상적이었어요.

　운이 가방에 서류들을 넣으며 말했다.

　무슨?

　도시가 공원을 둘러싸고, 공원이 도시를 둘러싸는 거요.

단테의 생각이에요.

단테요?

운이 고개를 들어 현우의 눈을 보았다.

현우는 운의 목쯤을 보고 있었다.

단테가 신곡 천국 편에서 그런 말을 하죠.

"빛과 사랑이 그것을 둘러싸니 그것이 다른 것들을 둘러싸듯 하더라."

"그것이 둘러싸는 것에 의해 둘러싸여 있는 것처럼 보인다."

단테의 천국이 그래요. 천사들이 천사들을 둘러싸고, 천사들이 천사들에 둘러싸여 있죠.

천국이요?

운은 현우에게서 종소리 같은 것을 들었다. 이상하게 깊고 구슬픈 종소리. 사람의 마음을 헤집어놓고 태연하게 침묵하는 종소리. 심연으로 들어가 다시는 돌아오지 않는 종소리.

왜 소리가 바뀌었지.

오빠가 천국을 믿어?

운은 이영에게 묻고 싶었다.

우리가 이미 서로를 둘러싸고 둘러싸여 있으니까요. 천국이 있든 없든. 끔찍하든 아름답든.

현우가 운의 눈을 똑바로 마주보며 말했다.

혹시 무슨 일 있으세요?

운은 현우에게 묻지 않았다.

운은 이영이 자신을 둘러싸고 있었다는 것을, 그래서

이영이 사라진 이후 줄곧 맨몸으로 세상에 서 있는 기분이 든다는 것을 알았다. 운은 자신이 이영을 둘러싸고 있었다는 것을, 그래서 이영이 사라진 이후 줄곧 속이 텅 비어버린 기분이 든다는 것을 알았다. 운은 자주 맨몸으로, 속이 텅 빈 껍데기로 움직이고 있다고 느꼈다. 모든 빛이 사라진 곳에 홀로 서 있는 기분이었다. 인간 혐오. 넌 사람을 너무 싫어하는 게 문제야. 이영이 했던 말은 틀렸다. 운은 마태오의 마음도 현우의 마음도 자신과 크게 다르지 않을 것이라는 것을 알았다. 사람이 사람을 둘러싸고 둘러싸여 있다. 죽음이 삶을 둘러싸고 둘러싸여 있다. 삶이 죽음을 둘러싸고 둘러싸여 있다.

무슨 일은 이미 있었다.

이후로 아무것도 괜찮지 않다.

운은 현우에게 고개 숙여 인사를 하고 서둘러 회의장을 빠져나왔다.

오빠에게서 종소리를 들었어.

운은 어딘가에 있을 이영에게 말했다.

아무에게도 사람에게서 소리를 듣는다는 말을, 모든 살아 있는 것들에서 소리를 듣는다는 말을 한 적이 없었다.

필요 없는 말.

운은 필요와 아름다움을 기준으로 모든 것을 결정했다.

필요한 것, 아름다운 것.

둘 중 하나에 속하는 것만 선택했다.

필요하지만 아름답지 않은 것.

필요하지 않지만 아름다운 것.

필요하고 아름다운 것.

이영은 운에게 세 번째에 속하는 유일한 인간이었다.

운은 이영이 사라지고 알았다.

너에게 내가 필요하지 않아도 좋아.

네가 나한테 피해만 끼쳐도 좋아.

네가 아름답지 않아도 좋아.

사랑은 필요도 아름다움도 아니다.

我無들

바다에서
하늘에서
산과 들에서
사막과 폐허에서

나는 눈을 뜬다.

바다에서 처음 눈을 떴을 때
배가 등을 지나갔다.
등이 간지러워 몸을 뒤척였다.
물결이 크게 일었다.
발끝이 섬에 닿았다.
배꼽으로 고래가 솟아올랐다.

보이지 않는 경계는 위태롭고
가장 공고하게 지켜진다.
바깥으로 나가는 것은 목숨을 거는 일.

구름이 배 위를 지나간다.
비행기가 옆구리를 통과한다.
하늘의 나는 보이지 않는다.

개미가 지나간다.
거미가 올라간다.
개가 뛴다.
고양이가 엎드린다.
아이가 넘어진다.
노인이 뒷짐을 지고 느리게 걷는다.
오토바이가 달려간다.
검은 등에 흰 금이 그어지고, 사람들이 계속해서 금을
넘어선다.
금은 희미해지고

도시는 폐허가 되고
폐허는 관광지가 되고

이어진다.
이어진다.

다니는 것이 있는 모든 곳에 내가 있어.

나무의 뿌리가 파고든다.

물이 흐른다.

새가 난다.

나는 모두와 이어져 있다.

나는 무엇이 되었게?

이영이 워싱턴으로 떠난 지 얼마 되지 않았을 때, 운은 이영에게 메일을 받았다.

매일 학교 앞 공원에 가. 공원에 가면 개가 있는데, 이름은 몰라. 나는 저기요, 불러. 저기요는 순해. 내가 옆에 가서 누워도 가만히 있어. 저기요, 저기요. 괜히 불러. 오늘은 아침에 정말 눈뜨기 싫었어. 너에게도 가고 싶었고, 오빠에게도 가고 싶었어. 엄마도 아빠도 보고 싶었어. 나 그래서 오늘 아침, 너처럼 일기를 써보았는데.

나는 무엇이 되었게?

이영의 메일을 운은 열세 시간 앞의 미래에서 받았다.

오늘 아침의 이영이 오늘 밤의 운에게 보낸 편지.

운은 이영이 얼마나 어딘가에 닿고 싶었는지 알았다.

얼마나 고립되어 있다고 느끼는지 알았다.

얼마나 외로운지 알았다.

길이 되었군.

답을 보냈다.

이어지다

해가 두 번 바뀌었다.

사일런스 파크는 여러 부침을 겪으며 거의 1년 반 만에 완성되었다. 방음을 위해 공원 둘레를 큰 나무들로 둘러세우자는 의견에 많은 반대가 따랐다. 비용 문제가 제기됐다. 하나의 문제가 제기되면 문제를 해결하는 데에 몇 단계의 절차가 필요했다. 의견 조율이 끝난 뒤에도 시행되기까지 시간이 걸렸다.

사일런스 파크는 4월 1일에 오픈했다.

개막식에는 대통령이 참석했다. 수도의 정중앙, 서울 시내 최대 규모의 공원이 오픈하는 날이었으므로 각층의 인사들이 모였다. 리본 커팅식은 생략됐다.

대신 오픈을 알리는 분수가 솟아올랐다.

개막작은 빙하.

높고 맑은 하늘에 마른 벼락이 쳤다.

천둥소리로부터 물줄기가 솟아올랐다.

한낮이었기 때문에 물과 소리의 춤만 있었지만, 빛의 빈자리를 사람들의 흥분이 채우기에 충분했다. 분수 뒤편으로 고요의 집이 서 있었다. 고요의 집은 공원의 가장 큰 나무의 키와 크기가 같았다. 테두리에서 공원을 둘러싸고 있는 나무들을 넘어서는 인공 조형물은 공원에 두지 않는 것을 목표로 했다.

고요의 집 안쪽은 고요했다.

고요의 집의 꼭대기, 천장에서 빛이 쏟아졌다.

3평 콘크리트 바닥에 동그란 빛이 고였다.

천창은 피렌체의 세례당과 같은 원형 창으로 만들었다.

빛이 침묵을 감싸 안았다.

마지막 빙하의 낙하를 끝으로 개막 공연이 시작됐다.

시립 오케스트라의 연주에 나무와 풀이 흔들리는 소리, 새소리, 공원 바깥에서 절박하게 울리며 지나가는 사이렌 소리가 겹쳐졌다.

공원에 있던 사람들은 평화와 긴장을 동시에 느꼈다.

삶은 지속되고, 모든 것은 연결되어 있다.

오케스트라의 연주가 막바지에 이를 때,

운은 강릉에 있었다.

돌무더기는 눈에 띄게 늘어서 거실 창 앞까지 흘러내렸고, 감나무는 제법 키가 자랐다. 지난봄 심은 식물들은 뿌리를 단단히 내리고 있었다. 집주인은 집에 없었다.

제주에 일주일 내려가 있을 생각이에요.

집주인은 운에게 공원 공사도 끝났으니, 내려와서 쉬

는 것이 어떠냐고 제안했다. 운은 망설였지만, 이 집의 2층 테라스에서 바라보는 봄의 바다가 얼마나 눈부신지 알고 있었기 때문에 거절하지 않았다.

왜 아무 소리도 들리지 않죠?

이 집의 정원 공사를 시작했던 지난봄, 운은 참지 못하고 물었었다.

무슨 소리를 말하는 건가요?

그가 의아한 얼굴로 운에게 물었다.

이렇게 말하면 제가 미친 거 같겠지만. 미쳤다 치고.

어떤 소리를 들어요. 물푸레나무에게는 물푸레나무 소리가 있고, 작살나무에게는 작살나무의 소리가 있어요. 꽃도 마찬가지. 고양이도 개도 마찬가지요. 사람에게도 들어요. 다른 사람에게 완전히 똑같은 소리를 들은 적은 없어요. 비슷한 유형의 소리나, 비슷한 템포의 소리는 있지만, 음색은 확실히 달라요. 그런데 아무 소리도 안 들려요. 그쪽이요. 왜죠?

운은 무슨 대답이라도 듣고 싶었다.

저야 모르죠.

그가 무심하게 웃었다.

이상하게 생각하지도 않고, 심각하게 생각하지도 않는 얼굴.

운은 그에게서 자주 이영을 느꼈다.

그렇게 자꾸 하나만 생각하지 마시고.

이제 운은 처음 그를 마주했을 때의 불안과 공포를 거의 잊었다.

그날은 눈이 몰려오고 있었다. 가까운 곳에 심곡항이 있다는 사실이 자신을 유난히 더 긴장하게 만들었을 것이다.

운은 그와의 첫 만남 이후, 몇 번의 통화를 더 했고, 두어 번 만나 의견을 나누었다. 그와 이야기를 나눌 때마다 그에게 낯선 친밀감을 느꼈다. 그는 이영과 전혀 다른 성격이었다. 그는 이영처럼 잘 웃지도, 말을 많이 하지도 않았고, 눈치가 없는 것은 더더욱 아니었다. 그런데도 운은 자주 그가 이영과 비슷하다고 생각했다.

첫날의 불안과 공포를 자신의 탓으로 돌렸다.

네, 모르시겠죠.

운은 작살나무 옆에 서서 팔짱을 끼고 말했다.

저에게 아무 소리도 나지 않아서 화가 나셨나요?

그가 말간 얼굴로 물었다.

아뇨, 제가 이상해서요. 이런 질문을 하고 있는 게.

운은 공사가 끝날 때까지 그 집 근처에 숙소를 잡고 머물렀다. 그는 하루도 빠짐없이 나와서 정원 일을 도왔다.

저희들끼리 하면 됩니다.

운이 몇 번이나 말했지만, 그는 흙냄새가 좋다고, 흙을 직접 만져보는 게 얼마 만인지 모르겠다고, 직접 땅을 파고, 식물들을 심을 수 있는 기회를 자신에게도 나누어달라고, 고집을 꺾지 않았다.

저도 제가 어딜 딛고 있는지 알아야죠.

그가 말했다.

운은 일을 하는 중간에도 잠깐씩 멈춰서 바다를 봤다.

할머니,

운은 막막할 때면 습관적으로 할머니를 불렀고, 할머니를 부르고 나면 언제나 할머니에게 가고 싶었다.

운은 공사 마지막 날, 강문해변에 들러 해변에 한참을 앉아 있다 올라왔다.

그 뒤로 그에게 잊을 만하면 연락이 왔다.

수국이 꽃을 피웠다고.

감나무에 감이 열 개나 열렸다고.

고사리는 볼수록 아름답다고.

단풍이 물들었다고.

눈이 내렸다고.

역시 모든 곳에서 시간이 똑같이 흐르는 게 아니라고.

힌두교 신인 브라흐마의 하루 낮과 밤의 길이는 86억 4000만 년이라고.

정원이 생기고 자신의 시간은 다른 속도로 흐르고 있다고.

메시지가 왔다.

운은 여전히 매일 아침, 다른 것이 되었고,

이영이 생각나면 강릉에 왔고, 강릉에 오면 가끔 그를 만났다.

그에게서 이영과 비슷한 점을 하나라도 더 발견하고 싶었고, 사실 그는 이영과 조금도 같지 않다는 사실을 확인하고 싶었다.

친구가 있었어요.

처음으로 이영의 이야기를 했던 날, 그는 운에게 친

구가 되고 싶다고 했다.

생각이 많은 사람은 속도가 느리죠.

말하는 그는 여전히 고요했다. 운은 그가 어떤 비밀에 두 발을 담그고, 입을 꽉 다물고 있는 것인지 궁금했다.

신을 믿어요?

인간들이 앞으로 얼마나 더 오래 죽은 신을 붙들고 있을 거 같나요?

그는 밥을 먹다가, 바다를 보다가, 뜬금없는 질문을 하곤 했다.

다음 인류에 대한 짧은 소설을 읽었어요. 「메타모르포세스」. 『변신 이야기』를 다음 인류인 오비디우스가 시간 여행을 와서 쓴, 다음 인류에 대한 이야기로 해석한 소설이었는데. 변신이 가능한 인간이라. 신이 된 인간이라. 말이 된다고 생각해요?

그가 늘어놓는 이야기들을 들으며 운은 생각했다.

미래에 관심이 많은 사람이구나.

운은 그의 습관, 말버릇, 취미, 관심사 같은 것을 알 것 같았다.

만약 다음이 있다면.

그건 머리가 커지고, 척추가 서고, 두 발로 걷는, 몸 다음은 아니지 않을까.

인간성이라고 믿는 것들. 다음.

선도 악도 사라진. 다음.

죄책감도 연민도 사라진. 불능불감.

무너지지도 흔들리지도 않는.

무심하고 냉담한.

기록. 삭제. 기록. 삭제.

이때 삭제되는 것은 시간.

부드럽게 모든 것을 집어삼키는 암흑. 다음.

끝없는 이동.

진화심리학자들은 인간의 뇌가 침팬지의 뇌에서 진화했다고 본다. 최소 지난 200만 년 동안의 상황으로부터 진화했다고. 지난 5000년 동안의 경험은 아직 인간의 유전물질에 암호화되지 않았다고 본다. 인간이 뱀과 거미에 대해 공포를 갖게 된 이유가. 뱀과 거미가 많은 장소에서 발달했기 때문이라고 본다. 뱀과 거미를 두려워하던 유인원이 살아남을 확률이 높았으며. 뱀과 거미에 대해 두려움을 느끼지 못하던 동료들은 죽었을 것이다. 그들의 죽음을 지켜본 인간의 뇌에 뱀과 거미에 대한 두려움이 자리 잡았다고 본다.

지난 5000년 동안 인간은 무엇을 보았나.

지난 5000년 동안 인간은 인간에 대한 공포를 키워오지 않았던가.

인간의 유전물질은 지금 무엇을 암호화하고 있을지,

인간은 알지 못한다.

다음이 있다면.

운은 말하지 않았지만.

누구나 한 번쯤은 한 가지에 골몰하기 마련이지.

여전히 자신의 판단을 지나치게 믿었다.

운은 여전히 자신을 속이는 버릇을 버리지 못했다.

잊을 만하면 한 번씩, 그는 운에게 이영이 했던 말을 했고, 운은 그에게 이영에게 했던 말을 했다. 운이 놀라움에 의미를 부여하지 않고, 그의 말을 잊고, 다시 놀라고, 그와 주고받는 말에 의미를 부여하지 않으려고 애쓰는 사이. 그렇지만 그에게서 이영과 비슷한 점을 계속 찾아내는 사이. 그에 대해 아무것도 모르면서 그를 믿고 있다는 사실을 부인하는 사이.

겨울이 오고, 해가 바뀌고, 얼음이 녹고, 새싹이 돋았다.

1년 반 넘게 이어지던 사일런스 파크 사업이 마무리되었다.

제주에 가 있을 거예요. 일주일.

아침에 그가 전화를 걸어 말했을 때,

제주에 누가 있어요?

운이 물었다.

운이 제주에 대해 질문을 한 것은 처음이었다. 그는 자주 제주에 갔다.

동료들이 있죠. 연구소가 있어요. 여기 강릉에 하나, 제주에 하나. 저는 강릉에 주로 있지만 제주에도 필요한 일이 있으면 가요.

운은 그가 무슨 일을 하는지 몰랐다. 그는 자신이 어떤 회사에 다니고 있다고만 말했었다. 무슨 연구를 하는 곳인데요?

운은 이번에는 좀 더 묻기로 했다.

글쎄요.

비밀인가요?

전화기 너머에서 아무 소리도 들리지 않았다.

내려올 거죠?

잠시 뒤에 그가 물었다.

운은 자신이 그에 대해 아는 게 거의 없다는 사실을 깨달았다.

그런데도 어떻게 그와 친구가 되었지?

운은 자신을 이해할 수 없었다.

그는 1시 비행기로 제주에 내려갔다.

운은 강릉에 5시쯤 도착했고, 2층 테라스에 앉아 바다를 내려다보았다.

이상한 일이다.

테라스에는 여전히 라탄 의자 두 개가 테이블 앞에 나란히 놓여 있었다.

운은 먼 바다에 떠 있는 배를 바라보았다.

멀리서 보는 배들은 언제나 평화롭게 보였다.

배가 어디로 가고 있는지.

배에 누가 타고 있는지.

배에서 무슨 일이 벌어지고 있는지는.

바다 위에 떠 있는 한 점.

평화의 이미지로 소실되었다.

바다가 반짝였다.

운은 어제 본 빙하를 떠올렸다. 빙하가 그에 대한 생각을 다른 방향으로 이끌었다. 눈앞에서 쏟아지던 물줄기들. 천둥소리. 빛과 함께 운의 머리 위에 떨어지던 음들.

이영아, 봤어? 오빠가 만들었는데. 좀 불안해.

운은 중얼거렸다.

먼 바다는 따뜻해 보였다.

나쁜 생각을 하는 게 아니면 좋겠어.

운은 이영에게 말하고 나서야, 자신이 1년 넘게 현우를 지켜보면서, 계속 불안해하고 있었다는 사실을 깨달았다.

나뭇잎들이 바람에 흔들렸다.

봄볕을 받은 잔디가 빛났다.

운은 지금쯤, 개막식이 끝났겠구나, 생각했다.

마태오가 오빠를 만난다고 했어. 곧 르완다로 갈 거래.

운은 계속 바다를 보았다.

먼 바다에 파도는 잔잔해 보였다.

바람도 바닷속에는 들어가지 못하지.

운의 머리는 하나로 묶여 있어서 바람에 날리지 않았다.

마태오가 떠나기 전에 셋이 강릉에 한번 오기로 했어.

운이 테라스 난간에 기대 바다에 좀 더 가까이 몸을 기울이고 있을 때, 전화벨이 울렸다.

마태오.

운은 반갑게 전화를 받았다.

Amazing! 공원이 정말 아름다워요! 이렇게 아름다운 공원이라니. 이영도 정말 사랑했을 거예요.

마태오는 공원을 걷고 있었다. 두 번째 퍼골라를 지났다. 등나무가 돌기둥을 타고 올라가 지붕까지 덮은 퍼골라 아래를 지나면서 마태오는 보라색 꽃이 모두 피어

날 5월의 공원을 상상했다. 금사슬나무가 떠올랐다.

아직 현우와 만날 시각까지는 시간이 조금 남아 있었다.

내가 서울을 떠날 때 이렇게 아름다운 공원을 만들다니. 아쉽네요.

마태오는 목소리를 높였다.

은청가문비가 나란히 심어져 있는 오솔길을 지나다가, 현우는 마태오의 목소리를 들었다. 주위를 둘러보았다. 마태오는 보이지 않았다. 은청가문비 길의 끝까지 빠른 걸음으로 걸었다. 어둑한 은청가문비 터널 끝에, 빛이 쏟아지고 있다. 맥문동들이 넓게 심어져 있는 화단 앞, 흙 길 위에 마태오가 서 있었다.

마태오.

운은 전화 속에서 현우의 목소리를 들었다.

현우와 강릉에 올 날짜를 정해봐요. 나는 여기 일주일 있을 거예요.

현우, 강릉에 언제 갈 수 있어요?

마태오가 묻는 것이 들렸다.

마태오, 천천히요. 지금 당장은 아니어도 돼요.

운은 점점 더 작아지는 배를 보며 말했다.

그럼 내가 조금 뒤에 다시 전화할게요.

마태오는 전화를 끊었다. 처음 듣는 새소리가 들렸다. 여러 새들의 소리가 섞여 소란스러운 대화 같았다. 마태오는 고개를 들어 나뭇가지들을 유심히 보았다.

왜 이렇게 일찍 왔어요?

현우가 팔을 뻗어 마태오에게 새의 위치를 알려주며 물었다.

그냥. 서울에 오래 있었지만 거의 집에만 있었으니까.

그랬군요.

전화를 해서 공원에 오라고 하길래 좀 달라졌나 했어요.

네?

현우는 말 길게 안 하잖아요.

아, 그런가요.

아직도 감옥에서 나오지 못한 거예요?

마태오가 웃었다. 현우가 따라 웃었다.

보여줄 게 있어서 오라고 했어요.

저한테요? 감옥은 아니죠?

마태오, 노잼이에요.

현우 진짜 변했네요.

마태오가 엄지를 치켜들었다.

중앙에 분수가 있어요.

현우가 멀리 보이는 고요의 집을 가리켰다.

저쪽으로 가요.

두 사람은 말없이 걸었다. 나무와 풀과 연못과 다리를 지나, 작은 정자와 의자와 봄꽃들을 지나. 분수에 도착했다.

조금 있으면 음악 분수가 시작될 거예요.

현우가 말했다.

해가 지고 있었다. 하늘이 점점 붉어지더니 어느 순

간 검푸른색으로 바뀌었다. 직사각의 연못에 마지막 빛이 드리워졌다. 연못 주위에 서 있는 버드나무 가지들이 바람에 흔들렸다.

현우가 연출한 건가요.

맞아요.

개막작은 빙하였다고, 기사 봤어요.

네, 맞아요.

빙하를 보여주려는 건가요.

마태오가 물었다.

아뇨, After Bach.

After Bach? 무슨 뜻이에요?

앨범 제목이에요.

현우가 대답할 때, 공원에 일제히 가로등이 켜졌다. 공원은 고요했다. 사람들의 소리가 들리기는 했지만, 식물들을 통과한 바람이 특유의 고요한 느낌을 만들어냈다.

첫 음이 시작됐다.

연못의 중앙에서 물줄기가 솟아올랐다.

연못 근처에 서 있던 아이들이 소리를 질렀다.

몇 개의 음들이 동시에 건반 위를 지나갔다.

물줄기가 차례로 낙하했다.

마태오가 현우를 바라보았다.

그해 겨울, 고속도로를 달려 서울로 돌아오는 동안 두 사람은 아무 말도 하지 않았다. 같은 앨범이 무한 반복되어 흘러나왔다. 바흐와 멜다우가 300여 년의 시간을 넘어 한 호흡에서 다른 호흡으로 이어졌다. 두 사람 모두 음악을 듣고 있지 않았지만, 바흐와 멜다우의 대화는 계속됐다. 고요함. 숨김. 두 사람의 시간이 바흐와 멜다우가 차례로 300여 년의 시간을 오가는 1시간 9분 18초의 반복 속에 담겼다.

마태오는 물줄기를 거의 보지 못했다.

물줄기들 사이로 떨어지는 빛을 거의 보지 못했다.

앨범의 마지막 곡.

현우는 1년 넘게 생각했지만, 자신이 마태오에게 해줄 수 있는 말이 없다는 것을 알았다. 어떤 말도. 현우는 88개의 건반이 만들어내는 하나, 하나의 음들이, 한 사람, 한 사람의 영혼 같다고 생각했었다. 피아노를 고집했던 이유. 피아노가 서로 다른 영혼들을 동시에 울려 소리를 만들어내는 악기라고 생각했기 때문이었다. 그게 현우가 건반을 두드리면, 건반이 현을 두드리고, 현이 울려 소리가 퍼지는 타현악기인 피아노를 고집한 이유였다. 피아노는 음역대가 가장 넓은 악기다. 대부분 사람들은 피아노 건반의 최저음역이나 최고음역의 소리들의 음높이를 잘 구분하지 못한다. 피아노 건반 전체의 4분의 3 정도인 55Hz에서 2000Hz 사이의 음들을 음악적 소리로 인식한다. 음높이가 불분명하게 들리는 음역대의 음들도 분명, 소리를 가지고 있다. 귀로 구분할 수 없을 뿐이다. 건반을 누르는 힘. 건반이 두드리는 현. 현은 울린다. 건반을 누르는 힘과 건반이 눌리면서 두드려지는 현, 현의 울림. 보이지 않는 연쇄 작용이 이어지면서 만들어내는 음들의 조합. 현우는 거부할 수 없

는 것들이 자신을 위에서부터 내리누른다고 느낄 때, 자
신 안에서 눌려지는 것, 두드려지는 것을 생각했다. 귀
로 구분할 수 없지만. 기어이 울리고 마는 음들.

현우는 닿을 수 없는 곳으로 떨어져 내리는 것 같은
음들을. 보이지 않는 절벽을 기어오르고 있는 것 같은
음들을. 힘겹게, 그렇지만 계속 나아가는 음들을. 기도
를. 기도를. 간절한 무엇을.

말 대신 전하고 싶었다.

앨범이 한 바퀴를 돌아, 마지막 곡에 닿을 때마다, 그
날 밤 현우가 느꼈던 막막함 같은 것을.

말하지 않고 들을 수 있을까.

음악 분수의 공연은 11분간 지속되었다. 11분 06초
길이의 마지막 곡은 클라이맥스가 따로 없이 11분 동
안 같은 긴장을 유지했다. 마태오와 현우를 제외한 관람
객들은 긴장과 평화를 동시에 느끼기도 했을까. 쏟아지
는 흰빛과 피아노의 음들. 화려하지 않은 물줄기의 움직
임. 물의 언덕의 변주에 관람객들은 기쁨을, 시원함을
느끼기도 했을까.

마지막 음들이 울려 퍼질 때까지, 마태오는 꼼짝 않
고 서 있었다.

마지막 음이 끝나고, 물의 춤이 잠잠해지고, 빛이 모
두 사라졌을 때. 사람들이 모두 자리를 뜨고, 가로등 불
빛만이 공원에 남았을 때. 마태오가 말했다.

우리를 보았을까요.

현우는 아무 말도 하지 않았다.

수면에 가로등 빛이 일렁였다.
연못 속 버드나무를 바라보았다.

아무들

이영,
나야 이영.
거기에는 빛이 있어?
어둠이 있니?
시간이 멈추었어?
공간이 사라졌니?
무엇이 남아 있어?
낮과 밤이 돌아오니?
시간을 측량할 수 없이 먼.
나의 목소리가 그곳에는 어떻게 도착하니?
고통 같은 건 없었으면 좋겠는데.
과거도 미래도 없고, 오늘도 내일도 없는.
그래서 거기가 어디지?
그러니까 나는 이영이고.

너는.

멀리 서 있는 사람과 눈이 마주친 듯이.

나란히 걷다가 손이 스친 듯이.

오래된 기억 속에서 잊고 있던 이름을 찾아낸 듯이.

내가 늘 흥얼거리며 따라 부르는 노래라는 듯이.

나에게 성큼성큼 다가와.

언니라는 듯.

엄마라는 듯.

빛이라는 듯.

나의 일부라는 듯.

모든 방식으로 나의 옆에 있었는데.

비유는 한순간에도 필요 없었고.

그러니까 나는.

운은 많은 아침에 이영이 되고 싶었다.

이영이 했던 말을 기억했다.

매일 밤 일기를 써. 먼 미래의 나에게.

너는 그때 말했었지.

과거도 미래도 아니고, 아이도 노인도 아닌 너에게 편지
를 쓴다고.

운은 이영처럼, 이영에게 편지를 쓰기로 했다.

이영,

부르는 순간, 알았다. 이영, 하고 부르는 것이 자신의 목
소리라는 것을.

나야 이영, 은 거짓이고.

거기는 빛이 있어?

이건 운이 이영에게 가장 묻고 싶었던 것.

그러니까. 나는.

그건 말도 안 되는 소리이고,

운은 원래도 운이 아닌 그 무엇도 될 수 없었지만,

자신이 이영을 부르는 순간, 그 어느 때보다 선명하게,

절실하게 자신이 된다는 것을 알았다.

나는. 그러니까 나는.

운은 쓰기를 멈추고 같은 말을 반복했다.

나는. 그러니까. 너는.

운은 거북이 앞에 엎드려 있었다.

거북이가 눈을 감았다, 떴다.

물은 잠잠했다.

진동 소리가 들렸다.

소파 위에 놓인 핸드폰에 불이 들어왔다. 메시지 알림창
이 떴다.

고요의 집에 다녀왔어. 내내 모든 말들로부터 달아나고
싶었어. 내가 썼던 모든 문장이 목에 걸린 기분이었어.
모든 말이 나한테 들러붙어 떨어지지 않았어. 무거워. 숨
통이 조여왔어. 언어에서 벗어날 수 있다면. 오랫동안
말도 안 되는 생각만 했어.

고요.

평생 거기에 다다를 수 없겠지. 죽어서도.

모든 문장을 기억해.

진아였다.

모든 문장을. 기억해.

운은 읽었다.

할머니,

운은 메시지 창을 열고, 글자를 입력하는 대신,

눈을 감았다, 떴다.

할머니,

거북이가 눈을 감았다, 떴다.

언덕

"북유럽 고산지대에서 자라는 문그로우는 강한 생명력으로 전국 노지 월동이 가능하다. 잎은 청록색을 띠며 고급스럽고 아름다운 피라미드형 수형을 지녀 유럽식 공원 조경수로 인기가 있다. 전원주택 공원, 옥상 테라스, 카페 화단 및 대형 화분, 플랜트 박스 등에 잘 적응한다."

생육 적정 온도: 섭씨 15~25도. 겨울철 영하 섭씨 15도 이상.

장소: 통풍과 배수가 잘되는 밝은 양지.

식재 방법: 노지에 식재 시 약 30cm 깊이에 심고 물을 충분히 준 후 흙을 덮어준다. 화분 및 플랜트 식재 시 지름 50cm, 높이 50cm 이상 되는 용기에 식재하고 물을 주기적으로 충분히 주도록 한다.

물 관리: 봄, 여름, 가을에는 화분 흙의 표면이 말랐을 때, 겨울에는 흙이 대부분 말랐을 때 충분히 준다.

마태오가 서울에서 자신의 SNS에 올린 마지막 게시물은 문그로우 사진이었다. 문그로우의 사진 아래로, 문그로우에 대한 내용이 스크랩되어 있었다. 마태오는 서울에서 혼자 지낸 기간 동안 300여 종이 넘는 식물의 사진을 스크랩했다. 마태오는 그 일이 이영의 금사슬나무를 이해할 수 있게 해줄 것이라고 믿었다. 아니다. 마태오는 이 반복적인 행동을 통해서, 300여 종의 나무와 꽃과 풀로 금사슬나무를 덮고 있었다.

마태오는 이영을 믿었고, 이영을 알았다.

마태오는 이영이 어딘가에 있다고 믿었고, 이영도 역시 자신을 기억하고 있을 것을 알았다.

마태오는 어딘가에서 이영이 자신을 보고 있을 것이라고 믿었다.

만약 이영이 자신을 볼 수 있다면.

마태오는 이영에게 괜찮다고, 말해주고 싶었다.

300여 종의 식물이 마태오의 괜찮음을 증명하는 것 같았다.

마태오는 마지막으로 문그로우를 올리고, 아래에 조금 긴 글을 덧붙였다.

사람들이 산으로 들어가는 이유에 대해 생각해본 적 있나요? 각자의 이유야 다르겠지만. 동양과 서양. 어느 쪽이든. 그들이 산으로 들어가는 이유가 뭘까. 그런 생각을 해본 적이 있습니다. 산이 깊어서인가. 왜 바다가 아니고 산일까. 난 꽤 오래, 시간을 잊고 싶은 사람들이 산으로 들어간다고 생각했습니다. 자신을 잊고 싶은 사람들이요. 그런데 얼마 전에 물리학자가 쓴 책을 읽다가 흥미로운 사실을 알게 됐어요. 산에서의 시간이 바다에서의 시간보다 빨리 간다는 걸요. 쌍둥이 중 한 사람은 바닷가에, 한 사람은 산꼭대기에 살다가 나중에 다시 만났더니 산꼭대기에 산 사람이 더 늙어 있었다는 이야기.

들어본 적 있나요? 맞아요, 그건 정말 미묘한 차이일 겁니다. 그런데 말입니다.

그 미묘한 차이를 본능적으로 안 건 아닐까요. 숨어서, 빠르게, 죽은 듯이.

생을 통과하기에. 산이 바다보다 적합했던 이유. 나무와 바위의 침묵, 물과 동물의 울음으로 둘러싸인 산속에서 남은 삶을 사는 것.

나는 언덕의 나라로 돌아갑니다.

마태오가 자신의 SNS에 어떤 글을 길게 남긴 것을 운과 현우는 본 적이 없었다. 마태오는 작별 인사를 남기고 싶었을 것이다. 누구에게든.

나는 언덕의 나라로 돌아갑니다.

서울을 떠나면서 마태오는 이렇게 적었다.

그리고 얼마 뒤, 운과 현우는 마태오에게 사진이 한 장 담긴 메일을 받았다.

어떤 건물 사진이었다. 사진 속에 마태오는 없었다.

키갈리는 1540m 고원에 있어요.

메일에서 운과 현우는 마태오의 목소리를 들었다.

서울에서보다 시간이 빨리 가는 것 같지는 않아요. 당연하게도. 나는 이 도시가 낯설다고 느낍니다. 고향. 현우가 물었었죠. 고향이란 생각 속에만 있는 곳일지도 모르겠다고 생각합니다. 나는 키갈리의 언덕, 호수, 골목, 마켓, 아직 어느 것에도 익숙해지지 않았습니다. 걸으면서 자주 주위를 두리번거려요. 어디에 있을 때보다 나와 닮은 사람들이 많다고 생각합니다. 나를 한 번 더 돌아보는 사람은 없어요. 무심하게 사람들을 지나칩니다. 하지만 사람들에게도 익숙해지지 않습니다. 그들이 사용하는 프랑스어에도 익숙해지지 않고, 나는 계속 여행자의 기분을 느낍니다. 나는 미국인으로 이곳에 입국했습니다. 내가 이곳에서 익숙해진 것은 하나뿐인데. 돈이에요. 돈은 어느 나라에서나 제일 먼저 가까이 다가옵니다. 풍경이나 사람, 말보다 먼저 옵니다. 나는 매일 비슷한 돈을 지불하고, 이곳에 와요. 아주 잘 정돈된 공원을 지나면 기념관의 입구가 나옵니다. 이 기념관은 키갈리에서도 언덕에 있어요. 1층에는 르완다의 역사에 대한 내용이 전시되어 있습니다. 나는 긴 시간들을, 바뀔 수 없는 사실들을 지나 2층에 도착해요. 내가 그 시간들을 지나왔다는 것을 믿을 수 없습니다. 나는 모든 문장을 빼놓지 않고 읽어요. 아무리 여러 번 반복해서 읽어도, 이해할 수 없습니다. 거기에는 아무것도 쓰여 있지 않아요. 모조리 살해. 강간. 생매장. 이 단어들은 아무것도 알려주지 않습니다. 이 단어들은 그 자리에 있던 사람들에 대해 아무것도 말해주지 않아요. 나는 그 커다란 단어들이 무슨 수로도 채워지지 않는 구멍 같다고 생각합니다. 그 구멍을 들여다보고 있으면 빛은 모조리 그 안으로 사라져버리고, 아무것도 남지 않아요. 나는 아무것도 알지 못해요. 나는 그 모든 것들을 지나 2층에 도착합니다. 무엇이 지나갔는지 알 수 없어요. 무엇을 지나 내가 여기에 왔는지 나는 모릅니다. 2층에는 아이들의 사진이 있어요. 아이들의 이름. 나는 그 아이들을 한 명씩 바라봅니다. 모든 아이들의 얼굴이 낯익다고 생각됩니다. 내 어릴 적 얼굴과 비슷하니까요. 생존자들의 이야기가 담긴 영상에서 그들의 목소리가 흘러나옵니다. 나는 그들의 얼굴을 봐요. 그럴 리 없는데도. 그들 중에 아는 얼굴이 있는지 생각합니다. 나는 1989년에 태어났어요. 1994년에 키갈리에서 80만이 넘는 사람이 죽었습니다.

매년 4월 7일에 전 세계의 여러 도시에서 크위부카가 열려요. 키냐르완다어로 '기억하다'.

기억하는 날이라고 합니다.

사실 나는 아무것도 기억나지 않아요.

엄마는 아무것도 모른다고 했습니다.

엄마가 아는 것은 신의 선물뿐이라고.

나는 아무것도 기억하지 못합니다.

이방인인 내가 여기 있어요.

나는 아무것도 기억하지 못한다는 사실만을 기억합니다.

우리 키갈리에 가자.

이영이 자주 말했었어요.

나는 그때 용기가 없었습니다.

그때 이영과 함께 한국으로 가지 않고, 이곳으로 왔었다면. 우리가 워싱턴에 남거나, 맨해튼에 남았더라면.

달라졌을까.

자꾸 그런 생각이 듭니다.

집 근처에 호수가 있어요. 호수를 바라보고 있으면, 어린 시절이 기억날 것 같아 두렵습니다. 어린 시절을 조금이라도 기억하고 싶어서, 계속 호수를 바라봐요.

그런 날이면 강릉의 바다 앞에 서 있는 꿈을 꿉니다.

이영이 살아 있어요.

저는 해변에 홀로 앉아 있는 이영의 뒷모습을 발견해요. 이영에게 달려가고 싶은데 다리가 움직이지 않아요. 이영을 부릅니다. 이영은 듣지 못해요. 뒤돌아보지 않아요. 나는 이영을 부르다가 잠에서 깹니다. 내가 이영을 부르는 소리에 놀라 잠에서 깨면 이영의 이름이 방 안에 남아 있어요.

나는 기억하지 못하게 될까 봐 두렵습니다.

내가 아는 키냐르완다어는 두 개뿐이에요.

나는 당신들을 기억합니다.

사일런스 파크

일주일 넘게 폭우가 쏟아지고 있다. 현우는 일주일 만에 밖으로 나왔다. 집은 텅 빈 듯 고요했다. 부모님은 강릉으로 이사했다. 두 분은 강릉의 골목들을 매일 걷는다고 했다. 엄마는 동네 아이들에게 피아노를 가르친다고 했다. 아버지는 일이 없어서 고깃배들이 들어오는 묵호항이나 동해항까지 자주 운전을 해서 갔다가 돌아온다고 했다.

현우는 방문을 열고 나오면서 이영의 방 앞에 걸려 있는 칠판을 보았다.

'언제든지 돌아올게요.'

현우는 이영의 방문을 열어보았다.

침대와 책상이 나란히 붙어 있고, 책상 앞에 이영이 고등학생 때 그린 그림이 걸려 있었다. 10호 크기의 캔버스에 검붉은색이 가득 찬 그림을 볼 때마다 현우는 자신이 모르는 이영의 내면이 있다고 생각했다. 제목이 뭐야? 물었을 때, 이영은 망설임 없이 대답했다. Here. 이영이 유학을 가지 않고, 서울에서 대학을 다니고, 그림을 그렸다면. 현우는 생각했다. 현우가 몇 달 전에 가져온 캐리어가 침대 옆에, 현우가 세워놓았던 그대로 세워져 있었다. 현우는 마태오가 키갈리로 떠나기 전, 마태오의 집에서 이영의 옷과 물건들을 가지고 왔다. 몇 개의 옷과 책들은 마태오가 가지고 갔다.

현우는 노란 캐리어를 보고 있다가, 문을 닫았다.

아침에 운에게 메시지가 왔다.

비가 그치지 않네요.

운은 마태오가 떠난 뒤로 현우에게 더 자주 연락했다.

오늘은 바람이 많이 붑니다.

마지막 빙하를 보고 왔어요.

공원 한쪽에 주말 농장을 분양하게 됐어요. 아이들이 토마토, 가지, 당근, 상추, 고추를 심어요.

현우는 개장일 이후, 사일런스 파크에 한 번도 가지 않았다.

분수로 빙하를 표현한다는 건 아이러니죠. 분수에 대해 회의적인 반응들이 이어졌다. 음악 분수는 잠정적으로 운영을 중단하게 되었다.

현우는 적절한 비판이라고 생각했다.

고요의 집.

퍼붓는 비를 보고 있다가, 현우는 고요의 집을 떠올렸다. 폭우의 영향인지, 오늘 날짜 예약은 여유가 있었다.

너무 걱정하지 말아요.

운에게 답을 하고, 오후 6시. 마지막 타임 예약을 했다.

현우의 차는 차고에 있었다. 현우는 마태오의 집에서 이영의 짐을 가지고 온 뒤, 한 번도 운전을 하지 않았다.

차에는 먼지가 쌓여 있었다. 차고 문을 연 적이 없는데 먼지는 어디에서 들어온 걸까. 현우는 차 문을 열고, 하얀 차 위에 거뭇하게 쌓인 먼지를 보았다.

운전석에 앉아, 시동을 걸었다.

음악이 자동으로 재생되었다.

같은 앨범. 익숙한 몇 개의 음들이 차 안을 울렸다. 현우는 마태오와 강릉에 다녀온 이후, CD를 바꿔 끼우지 않았다. 차에서 다시 음악을 들은 일이 없었다. 정지 버튼을 눌렀다.

차고에서 빠져나오자, 앞이 안 보일 정도로 비가 쏟아졌다. 와이퍼가 쉴 새 없이 움직였지만, 퍼붓는 빗줄기를 닦아내지 못했다. 차가 세차장에 들어와 있는 것 같았다.

현우는 이런 날 공원에 오는 사람이 있을까, 생각했다.

길에도 차가 많지 않았다.

와이퍼가 움직일 때마다 앞차의 후미등이 선명해졌다가, 흐릿하게 지워졌다.

『말의 힘』.

현우는 후미등의 희미해진 빛을 보면서 반복해서 꾸는 꿈을 떠올렸다.

와이퍼가 움직였다.

앞차의 브레이크 등에 불이 들어왔다.

어떻게 압니까? 보들레르, 어떻게 압니까?

『말의 힘』을 처음 펼쳤을 때 현우의 눈에 제일 먼저 들어온 문장.

현우는 꿈에서 『말의 힘』을 받았다. 반복적으로 현우의 두 손에 『말의 힘』이 주어졌다.

두 문장을 골라 읽으면 다음 단계로 나아갈 수 있다고, 책을 준 사람이 말했던가. 현우는 『말의 힘』을 펼쳤고, 두 문장을 골라 읽기 위해 몇 개의 문장들을 보았다.

어떻게 압니까?

보들레르,

어떤 문장들은 선명했고, 잠에서 깬 뒤에도 계속해서 기억에 남았다. 꿈에서 봤던 문장을 잊을 때쯤 새로운 『말의 힘』이 주어졌다.

신호가 바뀌었다. 앞차가 움직이기 시작했다.

현우는 몇 번째 꿈에서인가, 한 문장을 소리 내어 읽기 시작했다.

마음에 드는 문장을 골랐고, 그 문장을 이제 소리 내어 읽기만 하면 다음 단계로, 다음 꿈으로 넘어갈 수 있다. 꼭 다음으로 넘어가야 한다면.

와이퍼가 움직였다.

비는 점점 더 세차게 쏟아졌다.

현우는 자신이 읽으려는 문장을 한 음절씩 또박또박 읽었다. 다섯 개의 음절을 연이어 읽었을 때, 의미를 알 수 없다는 생각이 들었다.

의미를 알 수 없는 문장을 왜 읽으려고 한 걸까.

현우는 하나의 문장을 온전히 소리 내 읽었다. 아무 의미도 전달되지 않았다.

『말의 힘』.

현우는 책 표지에 쓰여 있던 제목을 떠올렸다.

아무 의미도 만들어내지 못하는 소리의 연쇄. 같은 문장을 반복해서 읽었다. 소리에서 소리로의 이동.

현우는 자신이 읽어내려는 문장이 무엇인지 알 수 없었다.

읽는다. 읽을 수 없다. 읽는다. 읽을 수 없다.

어떻게 압니까?

와이퍼는 쉴 새 없이 움직였다.

말하지 않을 수 있을까. 말하지 않고.

비는 계속 쏟아졌다.

어제는 같은 꿈을 꾸지 않았다.

현우는 30분 만에 공원 주차장에 도착했다.

시동을 끄고, 가만히 앉아 있었다. 빗소리 때문에 차 안이 더 고요하다고 느껴졌다. 와이퍼가 작동하지 않아서, 앞은 전혀 보이지 않았다. 앞쪽에서 헤드라이트 빛이 비쳤다. 빛이 이동하는 것으로 보아, 한 대의 차가 주차장을 빠져나가는 것 같았다. 현우는 옆 좌석에 놓아둔 우산을 들고 내렸다. 차 문을 열고 우산을 펼쳤다. 비가 안쪽으로 들이쳤다. 주차장은 텅 비어 있었다. 몇 대의 차가 서 있기는 했지만, 공원 방문자의 차량인지 알 수 없었다. 사람은 한 명도 보이지 않았다. 현우는 공원의 입구를 향해 걸었다. 우산은 별 소용이 없었다. 빗줄기는 거셌고, 바람이 불어, 옷이 금방 젖었다. 현우는 멀리 보이는 고요의 집의 꼭대기를 보았다. 사각의 돌벽이 어두컴컴한 하늘 아래 솟아 있었다. 낮게 깔린 먹구름 때문에 고요의 집은 더 하늘 가까이 솟아 있는 것처럼 보였다.

현우는 천천히 걸었다. 군데군데 놓인 커다란 흙 화분들은 젖어, 짙은 벽돌색으로 보였다. 젖은 자갈을 밟을 때마다 발이 미끄러졌다. 사과나무 터널을 통과했다. 봄의 꽃들이 진 자리에 여름의 꽃들이 피어올라 있었다. 세찬 빗줄기가 여린 잎들에 쏟아졌다. 블루앤젤들은 서로를 향해 조금씩 가지를 뻗고 있었고, 고사리는 몰라보게 자라 있었다. 멀리서 보이는 맥문동은 보라색 군락을 이루고 있었다. 현우는 이름을 알 수 없는 나무들을 지나, 조약돌 모양의 의자들을 지나, 작동을 멈춘 분수 앞을 지나갔다. 연못의 물이 불어 넘쳐 있었다. 흙탕물이 된 연못으로 빗줄기가 쉬지 않고 쏟아졌다. 버드나무 가지들이 심하게 휘어져 빗속에서 흔들렸다. 가지 끝이 연못에 잠길 것 같았다. 모두 살아남을 수 있을까. 새는 울지 않았다. 비가 오는 동안 새들은 모두 어디에 가 있는 걸까.

현우는 몇 개의 계단을 올랐고, 고요의 집 앞에 섰다.

철문을 밀었다.

안쪽에서 서늘한 기운이 스며 나왔다.

현우는 핸드폰을 꺼내 입장 체크를 하고, 안쪽으로 들어갔다.

현우는 고요의 집에 처음 들어왔다.

생각보다 더 고요했다.

고개를 들어 천창을 보았다.

빛이 있어야 할 곳에 빗줄기가 쏟아지고 있었다. 창을 두드리는 빗줄기의 소리만이 고요의 집을 가득 채웠다.

현우는 고요의 집 내부에 조명이 없다는 사실을 깨달았다.

내부는 어두웠고, 곧 아주 캄캄해질 것이다.

현우는 벽을 보고 섰다.

빗소리가 들렸다.

현우는 벽을 보고 있었다.

빗소리가 들렸다.

번쩍, 고요의 집 내부에 빛이 들었다.

이어 하늘이 무너지는 듯 요란한 천둥소리가 들렸다.

현우는 고개를 들어 천창을 보았다.

빗줄기가 쉼 없이 쏟아져 내려, 빗방울은 보이지 않았다. 모든 것을 쓸어버릴 듯 비가 쏟아졌다.

번쩍, 다시 한번 번개가 쳤다. 뒤이어 조금 전보다 더 큰 천둥소리가 들렸다.

현우는 고개를 숙이고 눈을 감았다.

빗소리가 들렸다.

죽지 마.

현우는 어젯밤 들었던 이영의 목소리를 생각했다. 이영이 현우의 손을 잠깐 잡았다, 놓았다.

비가 그치지 않네요.

운의 메시지 소리에 잠에서 깼을 때, 현우는 그것이 꿈이라는 것을 알았다. 이영의 손에서 느껴지던 온기가 자신의 손에 남아 있는 것 같았다. 침대맡 협탁 위에 수면제 통이 보였다.

현우는 며칠 만에 잠에서 깬 것인지 알 수 없었다.

죽지 마.

현우는 젖은 손으로 얼굴을 문질렀다. 눈을 떴다. 고개를 들어 하늘을 올려다보았다. 빛이 사라져 보이지 않는 천창으로 끝없이 비가 쏟아졌다.

빗소리가 조금 전보다 더 크게 들렸다.

오빠, 운이 그랬는데, 나에게 마림바 소리가 들린대.

오빠 마림바 소리, 들어봤어? 오빠에게는 어떤 소리가 들릴까. 진짜 궁금하다.

현우는 이영의 이야기를 들었을 때, 이영이 운의 농담을 진지하게 받아들인 거라고 생각했지만. 이따금 마림바 연주를 들었다. 그 소리가 묘하게 이영과 닮아 있다고 생각했다.

현우는 처음으로 운에게 묻고 싶었다.

나에게도 어떤 소리가 있나요.

현우는 어둠 속에 꼼짝 않고 서서 빗소리를 들었다.

숨을 천천히 들이쉬고, 내쉬었다.

빗소리가 들렸다.

심장 모양과 다소 비슷한

숩(Sub-)은 접두사다.

어근에 붙어서 새로운 말의 의미를 만든다.

다른 기억은 다른 인간을 만든다.

그는 생각했다.

"일부 접두사는 여러 뜻을 내포하기도 한다. 예를 들어
Sub(숩)은 아래라는 위치를 나타낼 뿐만 아니라 '거
의' '다소' 또는 '완전히 …하지는 않은'이라는 뜻도
가진다. Subalpinus(숩알피누스)는 고산대 아래쪽에
위치한 '아고산대'를 의미하지만, Subcaeruleus(숩체
룰레우스)는 '연푸른색' 또는 '푸르스름한 색'을 의미
하며, Subcordatus(숩코르다투스)는 '심장 모양과 다소
비슷한'이란 뜻이다."‡

시간이 흐르지 않아.

여기 있어.

파동과 입자의 세계.

여기 있어.

끝없는 이진법.

여기 있어.

전자의 쉼 없는 이동.

여기 있어.

무한한 거미집.

여기 있어.

영원과 망각의 반복.

여기 있어.

순환하는 잔해.

나를 기억해.

전송과 삭제.

나를 기억해.

저장과 수정.

나를 기억해.

복제와 이식.

나를 기억해.

나가고 싶어.

움직이고 싶어.

멈추고 싶어.

여기에서.

나는 어디 있지.

과거도 미래도 아니고, 아이도 노인도 아닌 너는.

허구를 믿지 않는다

허구의 힘을 안다.
불을 끈다.
눈 감는다.

39-40 * 카렐 차페크, 『정원가의 열두 달』, 배경린 옮김, 펜연필독약, 2019.

  67 † 빌렘 플루서, 『몸짓들』, 안규철 옮김, 워크룸프레스, 2018.

 225 ‡ 리처드 버드, 『정원사를 위한 라틴어 수업』, 이선 옮김, 궁리, 2019.

- 국립수목원, 『가드너 다이어리』, 지오북, 2015.
- 오경아, 『가든 디자인의 발견』, 궁리, 2015.
- 신시아 브라운, 『빅히스토리』, 막시무스(이근영) 옮김, 바다출판사, 2017.
- 카를로 로벨리, 『보이는 세상은 실재가 아니다』, 김정훈 옮김, 쌤앤파커스, 2018.
- 머레이 셰이퍼, 『사운드스케이프』, 한명호·오양기 옮김, 그물코, 2008.
- 국립생물자원관 홈페이지
- 고용노동부 공식 블로그
- 국립중앙박물관 특별전 〈호모 사피엔스〉

– 위의 글들을 참고했습니다.

작가의 말

0과 무한대는 같은 것이지? 조카가 물은 뒤로, 나는 이 물음을 계속 물고 있다. 답을 안다고 생각했던 것들. 사라지고 나타나고 사라지기를 반복하는 것들. 사막개미는 산란된 빛을 통해 집을 찾아간다. 해 질 녘. 저물녘. 동녘. 들녘. 녘은 공간과 시간을 모두 지시한다. 방향과 때는 무관하지 않다.
거북이는 먼 바다를 헤엄치고,
먹은 벼루 위에서 짧아지고,
거북이는 해안으로 돌아오고,
벼루는 조금씩 우묵해지고,
사람들의 발목은 물에 잠기고,
먹물은 벼루에서 넘치고,
모두가 읊고 있다.
벼루 위에 먹을 갈고 있으면 시간이 먹물이 된다.
움푹하다.

나를 둘러싸고 있는 당신에게
내가 둘러싸고 있는 당신에게
필요도 아름다움도 아닌 당신에게

시간의흐름。소설 №1

움푹한 1판 1쇄 2022년 4월 8일 펴냄
지은이 윤해서 • **펴낸이** 최선혜 • **편집** 최선혜 • **디자인** 나종위 • **인쇄 및 제책** 세걸음
펴낸곳 시간의흐름 • **출판등록** 제2017-000066호(2017.03.15) • **주소** 서울시 마포구 토정로 33
이메일 deltatime.co@gmail.com • **ISBN** 979-11-90999-09-0 03810